ロク
「魔王を、倒す」
リゼ
「一緒に、幸せになりましょう」
追放魔術教官の後宮ハーレム生活3
琴平稜
illustration さとうぽて

フェリス
「ロクさま」
「お待ちしておりました」

後宮の湯殿
マノン
リゼ
「こちらへどうぞ！」

シャロット
ティティ
「ロクちゃんおかえり！」

パジャマパーティ
「そいねがかりです！」
サーニャ
「にあう？」

「無窮より来たれ――
『創世彩刃《ケイオス・アルコ・イリス》』」

『紅天球《ローズ・スフィア》』！」
最終決戦

追放魔術教官の後宮ハーレム生活 3

目次

追放魔術教官の後宮ハーレム生活3

琴平 稜

ファンタジア文庫

3166

口絵・本文イラスト　さとうぽて

追放魔術教官の後宮ハーレム生活 3

プロローグ

色とりどりの花が咲き誇る庭や、壮麗な宮殿が連なる場所——後宮。

その最奥《さいおう》、神器が祀《まつ》られている聖廟《せいびょう》。

後宮の神姫《じんき》たちが息を詰めて見守る中、幼い少女が佇《たたず》んでいる。

少女——シャロットは指を組み、静かに目を閉じていた。

やがて神器の一角から、光の粒子が立ち上った。

淡い光がシャロットの前に集まり、形を成す。

現れたのは、気高く翻《ひるがえ》る、流麗な旗。

剣と薔薇《ばら》の紋様を掲げた旗は、眩《まばゆ》く輝きながら解《ほど》け、金色の腕輪となってシャロットの手首に巻き付いた。

神姫たちが歓声を上げ、喜びに上気した幼い顔が、ぱっと振り返る。

「ロクにいさま！」

子うさぎのように駆けてくるシャロットを、俺は両手を広げて抱き留めた。

「やりました！　神器さまが、力をお貸しくださいました！」

「ああ、よく頑張ったな」

淡いくるみ色の髪を撫《な》でると、シャロットは嬉《うれ》しそうに笑った。

シャロットが後宮に来て一ヶ月。

魔族の軛《くびき》から解き放たれ、新たに仲間に加わったシャロットは「わたしも早くみなさまのように、ロクにいさまのおそばで戦いたい」と懸命に勉強に励み、魔術を鍛えていた。

その一途《いちず》な想《おも》いに、神器が応えてくれたのだ。

きらきらと煌《きら》めく瞳が、俺を見上げる。

「これでシャロも――わたしも、ロクにいさまのお力になれますか？」

兄が三人いるせいか、シャロットは俺のこともにいさまと呼んで慕ってくれていた。

妹が出来たようで、くすぐったくも嬉しい。

「もちろん。頼りにしてるよ」

シャロットは頬《ほお》を染め、あどけない笑顔を咲かせた。

丸く大きなはしばみ色の瞳に、淡いくるみ色の髪。ふんわりと広がる白い花びらのようなスカートが、無垢《むく》な可愛《かわい》らしさを引き立てている。

本来はリゼの一つ下なのだが、魔族に囚《とら》われていたことで成長が遅れているらしい。

最年少のシャロットは後宮の姫たちに可愛がられ、マスコット的な存在になっていた。

神姫たちが祝福の声を上げる。

先頭で見守っていた、天使のように愛らしい少女――リゼが駆け寄った。

「すごいわ、シャロット！　おめでとう！」

姉妹が嬉しそうに手を取り合う。

ひとしきり喜ぶと、リゼは表情を引き締めた。

「良《い》いですか、シャロット。ここがスタートラインですよ。神器に眠る初代神姫さまに認められ、真の力を引き出してこそ、ロクさまにお仕えする一人前の神姫です」

「はいっ！　シャロ、がんばります！」

シャロットははしばみ色の瞳をきらきらと輝かせて姉を見上げる。

その姿は喜びに溢《あふ》れ、リゼと笑い合う様子は、麗《うるわ》しい絵画のようだ。

――魔族に引き裂かれた八年の時を経て、ようやく取り戻した平穏な暮らし。

辛《つら》い想いを重ねた分だけ、後宮《ここ》ではめいっぱい楽しみ、世界の美しさに触れて、幸せに過ごして欲しい。

そのために俺が出来ることは何でもしよう。これまで彼女たちが離れ離れになっていた時間を、少しでも埋められるように。

静かに胸に誓っていると、リゼが俺を振り返って膝を折った。

「ロクさま、本当にありがとうございます。シャロットと共にお仕えできること、とても嬉しく、誇りに思います」

亜麻色の髪がふわりと揺れる。

花の精かと見紛《みまが》うほどの清らかさと可憐《かれん》さに目を細めながら、俺は頷《うなず》いた。

「お礼を言うのは俺の方だ。これからも頼りにしてるよ」

リゼは「はいっ」と嬉しそうに笑った。深い真紅を湛《たた》えた瞳が、宝石《ルビー》のように輝いて
――

ふと、耳にしゃがれた濁声《だみごえ》が蘇《よみがえ》る。

『その娘こそが、魔王様の求める『開闢《かいびゃく》の花嫁』――魔の種子を持つ花嫁と交わり、世界を再び混沌《こんとん》に戻すことこそが、魔王様の悲願なのだ』

リゼの背中に刻まれたアザ――『開闢の花嫁』の刻印。魔王への生贄《いけにえ》の証《あかし》。

魔族ラムダが消滅してもリゼのアザ《呪い》は消えず、シャロットを魔の力から解放したスキル『反転《インバート》』を以《もっ》てしても、駆逐することは叶《かな》わなかった。

おそらくリゼに植え込まれた魔の種子は、リゼの魔力《生命》に深く根を張っている。

「……――」

俺は遥《はる》かな北の果てへと想いを馳《は》せた。

千年前、北の地に封じられ、今なお覚醒の刻《とき》を待ち続けているという魔王。

魔族を統《す》べ、生き物の営みを脅《おびや》かし続ける、全ての元凶。

いずれ遠くない未来に、対峙《たいじ》する刻が来る。いや――

重たい予感に拳を握り込んだ時、ロクにいさま、と鈴を転がすような愛らしい声が俺を呼んだ。

「厨房番《キッチンメイド》のおねえさまがたが、おいわいのお茶会をひらいてくださるそうです！ 栗《くり》のケーキをつくってくださるのですって！ みんなで食べましょう！」

シャロットが嬉しそうに俺の手を引く。

無邪気な笑顔に、胸の奥で蟠《わだかま》っていた重さがふっとほどけた。

今もこの世界には、シャロットのように、魔族に苦しめられている人々がいる。

リゼを救い、人々を救う――この世界に、平和を取り戻す。もう、誰も苦しむことがないように。泣かなくていいように。

そのために出来ることを、ひとつずつ重ねていこう。

決意を新たに、俺は笑顔で待つ神姫たちの元へ踏み出した。

第一章　片翼の花嫁

木々は鮮やかに色づき、吹き抜ける風には微《かす》かに冬のにおいが混じる。

淡く澄んだ空に、神姫《じんき》たちの声が響いた。

「『炎天鳥《ファイア・バード》』！」

「『風乱斬《エアー・スラッシュ》』！」

後宮の広場に炎の鳥が舞い上がり、風の刃《やいば》が渦巻きながらぶつかり合う。

別の一角では石つぶてが宙を裂いて、水の球が弾《はじ》ける。

魔術の光が咲き乱れる中、俺は地面に膝を突き、シャロットの背中に手を添えていた。

「しっかり的を見て。空気中のエーテルを、胸いっぱいに吸い込んだ」

シャロットは「はいっ！」と幼い表情を引き締め、深い呼吸を繰り返した。

小さな身体《からだ》に清らかな魔力が巡る。

「上手《うま》いぞ。今度は手のひらに意識を集中させて。――今！」

「『氷乱斬《アイス・スラッシュ》』！」

凜《りん》と高らかな詠唱と共に、薄氷の刃が乱舞し、的を切り刻んだ。

周囲で見ていた神姫や宮女たちが歓声を上げる。

「すごいな、シャロット」

頭を撫でると、シャロットは「ありがとうございますっ」と嬉しそうに顔を輝かせた。

「はやくおねえさまがたに追いつけるように、がんばります！」

小さな身体には、透き通る雪のような色をした魔力がきらきらと煌めいている。

魔術には、火、水、風、土の四元素の他、雷や毒、光といった特殊な属性が存在し、人によって生まれつき相性の良い属性があるが、シャロットは氷雪属性だ。

元来の豊かな魔力量に加え、リゼや神姫たちをお手本にして、どんどん成長していく。

「シャロットさまに情けないところは見せられませんわ！　私たちも頑張らなくては！」

他の姫たちも、負けじと魔術の特訓に励む。

俺がこの世界に召喚され、魔術講師として彼女たちに魔術を教えるようになってから八ヶ月。みんな驚くほどのスピードで成長し、次々に才能を開花させていた。

大陸中から身分問わず集まった少女たち、宮女や侍女含め四百余名。

かつては掃きだめなどと揶揄《やゆ》されていた後宮だが、今や一人一人の実力は宮廷魔術士を遥《はる》かに凌《しの》ぎ、連携と統率の取れた戦いぶりは神話の再来との呼び声も高い。多くのダンジヨンを制圧し、人々を魔物の脅威から護《まも》った後宮部隊の名は、大陸中に轟《とどろ》いている。

そして、魔族に対抗しうる武器、神器を手に入れた彼女たちは今、神器の真の解放を目指して、日々魔術を磨いていた。

今のところ、神器解放に至ったのは、リゼと、もう一人――

広場を見渡すと、剣を構えた姫たちを指導する、細身の少女の姿があった。

「もっと腰を落として。そう、上手よ。しっかり的を見据えて、体幹を意識するの」

フェリスだ。

彫刻のように整った相貌に、切れ長の翡翠《ひすい》色の瞳。絹のような金髪をなびかせながら、剣を構えた厨房番部隊《キッチンメイド》を優しく指導している。細い手に流麗な魔導剣《レイピア》を携え、凛と頭を擡《もた》げたその姿は、気高い月を思わせる。

フェリスは俺に気付くと、「ロクさま！」と顔を輝かせて駆け寄ってきた。

「フェリス。調子がよさそうだな」

フェリスは「おかげさまで」と微笑《ほほえ》んだ。

「昨日、ロゼスさまからお手紙をいただいたの」

ロゼスは魔導剣を鍛えてくれた鍛冶師だ。

「工房を拡充して、新しくお弟子さんを取ったらしいわ。娘《リリー》さんとも、上手くやっているみたい。今度、新作を送ってくださるそうよ」

「そうか、元気そうで何よりだ。良かったら次の休み、王都に出ないか？　一緒にお礼の品を選ぼう」

「ええ、ぜひ！」

涼やかな美貌がぱっと喜色に染まり、金色の魔力が眩《まばゆ》く煌めいた。

フェリスは小さい頃から身体が弱く、魔術が使えず苦しんでいたが、今は雷属性を示す黄金の魔力が、その身を豊かに巡っている。

細い腕に輝く神器──『春雷の籠手《シャンディエ》』を見ながら、俺は口を開いた。

「それと、ずっと考えていたことがあるんだ。──フェリスに小隊を任せたい」

「私に？」と驚くフェリスに頷く。

「ここ数ヶ月、大陸中でダンジョンの発生報告が相次いでいる。魔物の動きも活発化して、被害が広がっている。これから先、後宮部隊をいくつかに分けて攻略に赴く必要もあるだろう。フェリスには神姫たちを率いて、別働隊として動いてもらいたい」

フェリスの剣技はますます冴《さ》え、今や宮廷の近衛《このえ》騎士を凌ぐほどになっている。故郷のガーランド港奪還戦では五百名の兵士を率い、見事に海獣《ケートス》を撃破した。

「フェリスになら任せられると思ったんだ。頼まれてくれるか？」

フェリスは白い頬を上気させ、胸に手を当てて膝を折った。

「とても嬉《うれ》しいわ。ロクさまにお仕えする神姫として、必ずやご期待に応えてみせます」

「ありがとう、頼りにしてるよ」

フェリスと別れ、姫たちの魔力を視《み》ながら広場を歩く。

「『水強弓《アクア・シュート》』！」

元気な声に振り返る。

ティティだ。

ちょうど蒼《あお》い弓から放たれた魔術の矢が、的の端を掠《かす》めたところだった。

「あれぇ？　なんか調子出ないなぁ」

首を傾《かし》げるティティに歩み寄る。

「もうちょっと待ったほうが良さそうだな」

「ロクちゃん！」

愛らしい顔に笑顔が弾けた。子犬みたいな嬉しそうな姿に、つられて笑ってしまう。

お団子に結った髪に、蒼く煌《きら》めくアクアマリンの瞳。いつでも元気いっぱい、眩い生命力に満ちたその姿は、無邪気な小動物を連想させる。魔術の腕も順調に上がっていて、ダンジョン攻略では一級の狙撃手《弓姫》として仲間のピンチを幾度も救ってきた。

今日も蒼い魔力はぴかぴか光って絶好調だが、少しムラがあるのが気になる。

「もう一度撃ってみてくれるか？」

「うん！」

ティティが再び、的に向けて弓《神器》を構える。

「もう少し上かな」

背後から手を添えると、ティティが「わ」と声を上げた。

頬を染めながら俺を見上げる。

「ロクちゃんの手、大きいね」

俺は笑って、その頭を撫《な》でた。

「さあ、的を見るんだ。眉間のあたりに意識を集中して」

「はい、ロクちゃんせんせー！」

南の海を思わせる双眸《そうぼう》が、的を睨《にら》み付《つ》ける。

その体内で、蒼い魔力が溢《あふ》れんばかりに輝き始めた。

ティティがうずうずしているのを感じて声を掛ける。

「まだ、もう少し。魔力が落ち着くまで待つんだ。大丈夫、ティティの仕事は、待って、待って、その一瞬が来た時に、狙った的に当てること。みんな絶対に、君を信じて持ち堪《こた》えてくれる。呼吸を深く。君の狙い澄ました一射が戦況を覆《くつがえ》す、その光景を思い描いて。大丈夫、絶対に当たる。だから、その刻が来るのを待つんだ」

呼吸と共に魔力が巡り、小さな手に集まっていく。

やがて膨張した魔力が、湖面のように凪《な》ぎ──

「今！」

「『水強弓《アクア・シュート》』！」

詠唱と共に放たれた光の矢が、見事にど真ん中を撃ち抜いた。

「やったぁ！」

抱き着いてきたティティの頭をよしよしと撫でる。

「今くらい待ってもいいから、魔力をしっかり練り上げることを意識しような」

「はーい！　ありがと、ロクちゃんせんせー！」

ティティと手を振って分かれると、俺は広場を見回し──ふと、隅でしゃがみ込んでいるリゼの姿に気付いた。

後ろから覗《のぞ》き込む。

リゼは何やら真剣な顔で、しおれかけている花に手をかざしていた。

「『治癒《ヒール》』！」

手の平から黒い火花がバチバチと散って、リゼは「ひゃ」と慌てて手を引っ込めた。

「回復魔術か？」

リゼがぱっと顔を上げる。

「あっ、は、はいっ！　けれど、やはりダメみたいで……」

リゼは慌ててスカートを整えて立ち上がると、恥ずかしそうに俯《うつむ》いた。

淡く上気した頬に映える、ルビーを想起させる真紅の瞳。美しく編み込まれた亜麻色の長い髪。柔らかなピンクのドレスを纏《まと》ったその姿は、薔薇《ばら》の花びらで着飾った妖精を思わせる。

俺が怪我《けが》を負う度に、リゼはひどく心配して「私に回復魔術が使えれば……」と辛《つら》そうにしていた。俺としては、痛みに寄り添ってくれるその優しさだけで十分なのだが、リゼはしょんぼりとうなだれている。

「うーん」

回復魔術はもともと、水と風が得意とする領域だ。炎属性のリゼとは相性が悪い。加えて、リゼの身体に根を張った魔の力が、回復魔術の習得を阻《はば》んでいる。

何かいい方法はないかと考えていると、リゼが俺を見上げた。

「ロクさまは、お花を元気になさったり、ドラゴン《ザナドゥさま》のお怪我を癒やしたりなさいましたよね？　あれは一体どうやっているのですか？」

「ああ、俺のは魔術じゃなくて、魔力を移してるんだ、こうして」

俺は花に触れると、静かに魔力を注ぎ込んだ。

うなだれていた花にたちまち生命力が漲《みなぎ》り、艶《つや》やかさを取り戻す。

リゼが目を輝かせた。

「すごい……何度見ても、奇跡のような力です」

俺が持つただひとつのスキル、『魔力錬成』。

無限に魔力を錬成し、他者へ譲渡する力——魔力であれば自在に干渉・操作できるスキル。この世界に召喚された時、魔術さえ使えない俺が唯一与えられた力だ。

リゼは再び花に手を向けて「むむむ……！」と集中している。

その姿を見ながら、ふと口を開く。

「そういえば、呪文ってないんだな」

「？　呪文、ですか？」

「ええと、『痛いの痛いの、飛んでいけ』みたいな……いや、違うな。こう、決まった文言《フレーズ》を読み上げれば発動するような」

この世界の魔術は、イメージを練り上げ、エーテルを取り込んで魔力を活性化させることがメインで、呪文は発動のトリガーとしてのみ機能している。

呪文さえ唱えれば誰でも使える類いの魔術があれば、リゼも回復魔術が使えるのではないかと思ったのだが――

「それは古代魔術ですね」

琴の調べにも似たたおやかな声に振り向くと、マノンが立っていた。

豊かに波打つ髪に、おっとりと大きなすみれ色の瞳。名家レイラーク侯爵家のご令嬢で、社交界の華と呼ばれた、淑女の中の淑女。いつも後宮の姫たちを取り纏め、細かい気配りで俺をサポートしてくれている。

「古代魔術？」と首を傾げると、マノンは頷《うなず》いた。

「魔王との大戦が勃発するより前、遥《はる》か古《いにしえ》に失われた魔術です。全てを修めた者だけが、詠唱を以《もっ》て発動させることが出来たとされております。ほとんど神話や伝承の類いで、数少ない文献も大陸図書館に厳重に保管されているので、詳しくは分かりませんが……」

「全てを修めた者だけが使える魔術……」

一体どういう意味だろう。

そもそも魔術を使えない俺には縁の無い話かもしれないが、リゼの呪《のろ》いを消すための手がかりになるかもしれない。一度大陸図書館をあたってみようか――

その時ふと、リゼが「ロクさまは、何の属性なのでしょうか？」と首を傾げた。

「ん？」

「例えば、水と火の魔術は互いに打ち消し合います。魔力も、属性によっては反発し合いそうなものですが、ロクさまは誰にでも魔力を移せますよね？」

確かにリゼの言うとおり、俺の魔力は誰にでも譲渡できる。

となると、属性がない――無属性ということになるのだろうか？

白銀の魔力が宿る手を見つめながら考え込んでいると、背後で爆発音がした。

「⁉　どうした⁉」

慌てて駆けつけると、神姫たちがへたり込んでいた。

「ま、マリニアの魔術が、暴走して……っ」

「ご、ごめんなさい～っ！　こんな威力出たの初めてでっ……なんで急に～っ⁉」

姫たちに怪我がないことを確認して、周囲を視る。

魔力の素であるエーテルが異様に濃い。金色の粒子――精霊まで舞っている。

その中心へ目を遣《や》ると、何やら木を見上げているサーニャの姿があった。

華奢《きゃしゃ》な身体《からだ》に巡る魔力は、独特の輝きを帯びている。

「――ああ、そうか」

サーニャの正体は精霊――自然の化身である精霊が、人の形をとったものだ。空気中のエーテルが、精霊であるサーニャの魔力に呼応しているのだろう。

サーニャが跳躍した。小さな身体がぐんっ、と天高く伸び上がり、短剣を一閃《いっせん》。スパッ、と枝を斬り、空中で何かをキャッチすると、猫のように身を捩《よじ》って着地した。

その手には丸々太ったリスが乗っている。どうやら木の枝に挟まっていたらしい。

鮮やかな身のこなしに、神姫《じんき》たちが歓声を上げた。

「すごいなサーニャ、空に届きそうだ。それにその子が困ってること、よく気付いたな」

サーニャが俺を見上げる。細い銀髪が風になびき、俊敏な猫を想《おも》わせる双眸が、陽の光に透けて金色に輝いた。

無感情に見えるまなざしの奥、嬉しそうな煌めきが瞬《また》いているのを見て、笑いかける。

「サーニャ、少し新しいことに挑戦してみようか」

彼女は出会った時から体術と機動力に優れていて、軽業のような動きをなんなくこなした。おそらく無意識の内に魔力を全身に巡らせ、強化しているのだろう。それを応用できれば、戦闘の幅が飛躍的に広がる。

サーニャがリスを木の根元に降ろして、頷いた。

「こめかみの辺りに魔力を集中させて。感覚を研ぎ澄ませるんだ」

サーニャが意識を集中し、その魔力が輝き始める。

俺は、サーニャの背後にいる神姫に目配せした。

神姫が頷いて、そっと木の実を投げ——

「！」

サーニャの短剣が、ひゅぴっ！　と宙を舞う。

狙い違《たが》わず一閃された刃《やいば》が、視野の外から放たれたはずの木の実を両断していた。

神姫たちからわっと拍手が上がった。

驚いている様子のサーニャに笑いかける。

「今みたいに視野を広げて、全体をよく視《み》るんだ。サーニャは動体視力が優れてるし、動きも機敏だから、誰も気付かないような小さな危機にも目を配って対処できる。サーニャのその力が、きっとサーニャの大切な人や動物たちを護《まも》ってくれるよ」

サーニャは俺を見上げて頷くと、猫のように額を擦り寄せた。細い銀髪を撫でると、金色の双眸が嬉《うれ》しそうに細められる。

祝福するように寄ってきたリスや小鳥に木の実を与えるサーニャを見つめながら、サーニャを育んでくれたビルハの民のことを想う。自然と共に生き、動物を愛し、勇壮で家族想いだったという騎馬の民。どこかで、サーニャの成長を見守ってくれているといい。

「さあ、今日のところはこれくらいにしようか――」

魔術講座をお開きにしようとした、その時。

地の底から不気味な唸《うな》りが響き、大地が鳴動した。

「地震だわ！」

動揺する姫たちに、落ち着くよう手で示す。

「ナターシャ、塀から離れて、身を低くして。ベル、大丈夫だよ。ゆっくり息をして」

地底で巨大な生き物が身震いするような揺れは数分ほど続き、やがて収まった。

姫たちの安全を確かめて、息を吐く。

「最近多いな」

マノンが「ええ」と眉をひそめた。

「何かの凶兆でなければ良いのですが……」

姫たちは不安げに顔を見交わし、精霊たちも不穏にざわめいている。

ふと、リゼが腕を抱いて震えているのに気付いた。

「リゼ、大丈夫か？」

リゼは「は、はいっ」と笑ったが、真紅の双眸《そうぼう》の奥、怯《おび》えたような光が揺れている。

「……リゼ？」

その背に手を伸ばしかけた時、サーニャがはっと顔を上げた。

「ロク、あれを」

視線を追って空を仰ぐ。

青空に、まるで切れ目を入れるかのように光の筋が走っていた。

目を凝らすよりも早く。切れ目を割くようにして、天が裂けた。

「!?」

天の裂け目から光のはしごが降り、いくつもの人影が現れる。

「敵襲……!?」

広場に緊張が走った。

神器を展開する姫たちを手で制する。

空から降りてくるのは、天女のように着飾った女性たち――それはパレードだった。

豪奢《ごうしゃ》な布に覆われた輿《こし》を先頭に、灯火を掲げた天女たちが、花びらを撒《ま》きながら列を成す。酒や米、果物、絹、真珠に珊瑚《さんご》、ありとあらゆる金銀財宝を掲げ、賑《にぎ》やかな鳴り物を鳴らしながら広場に降り立ったその集団は、俺に向かって一斉に頭を下げた。

「これは、一体……」

突如として広がった煌《きら》びやかな光景を前に、マノンが呟《つぶや》く。

広場にずらりと並ぶのは、女性ばかりが五十人ほど。誰も彼も彫刻のように美しく、何よりも驚くのは、その身に巡る膨大な魔力量だ。

ヒトではない、と直感した。おそらくは、神話や伝説の類いに連なる生き物——

輿の傍《かたわ》らに控えた女性が、細く美しい声で告げた。

「華燭《かしょく》の典《てん》。華燭の典にございます。勇者さまにおかれましてはご機嫌麗《うるわ》しく、このように突然の拝謁となりましたこと、平に、平にご容赦を」

「かしょくのてん？」

天女たちが輿の布を持ち上げる。

輿から降りてきたのは、豪奢な衣装に身を包んだ幼い少女だった。

歳《とし》はシャロットと同じ頃——十歳前後だろうか。雪花石膏《せっかせっこう》のように透き通る肌に、艶《つや》やかに燃える紅《あか》い髪。こぼれ落ちそうに大きな碧《あお》い瞳が、熱く潤みながら俺を見つめる。人形めいたあどけない容貌に、贅《ぜい》をこらした厚く重たげな衣装がひどくアンバランスだ。

俺は少女の魔力に目を凝らした。

小さな身体に流れる魔力は、今にも掻《か》き消えてしまいそうに儚《はかな》く明滅している。

この光、見覚えがある。一体どこで——

その時、少女の傍らに寄り添った天女が深々と頭を下げた。

「花嫁メルさまに代わって、お嫁入りのご挨拶を申し上げます」

「花嫁⁉」「お嫁入り⁉」

神姫たちの合唱がこだまする中、天女たち——花嫁行列が頭《こうべ》を垂れる。

「その節は、心ない商人たちの手から、姫さまの命を救っていただきまして」

ティティが「あっ」と声を上げる。

「この子、温泉街《ルダシュ》の時の！」

同時に俺も思い出していた。

「そうか、君は……」

数ヶ月前、ルダシュという温泉街で、奴隷商人に攫《さら》われた子どもたちを助けた。

その中にこの子もいたのだ。

ひどく弱っていたので、俺の魔力を注ぎ込んでから警備隊に保護してもらったのだが、
その後どうなったのか気になっていた。

「無事で良かった。でも、これは一体どういう……——」

小さく呟いた時、少女——メルの姿が眩《まばゆ》く輝いた。

やがて光の中から現れたのは、白い子馬だった。

純白の毛並みに、紅いたてがみ。同じく燃えるような蹄《ひづめ》を備えた、細く優美な四肢。額

には白銀の幼角を戴《いただ》き、まつげに翳《かげ》る碧い双眸が、ほのかな熱を湛《たた》えて俺を見つめる。

その姿は透き通るように儚く、それでいて見る者を圧倒するほどに神秘的だった。

リゼが「天馬……」と息を呑《の》む。

それを皮切りに、侍女たちが次々に翼を持つ獣へと姿を変えていく。

金色の鹿や、蒼《あお》い猫。九本の尾を持つ白い狐《きつね》。中にはグリフォンと呼ばれる、鷲《わし》と獅子《しし》を掛け合わせた幻獣の姿もある。

「天獣……」

壮麗な翼を広げ、膝を折る彼女たちを前に、フェリスが神威《しんい》に打たれたように呟く。

「天界の神々に仕える、聖なる獣……善と慈愛を本性とし、真の勇士のみをその背に乗せて導くと言い伝えられているけれど……まさか、本当に存在しているなんて……」

天獣については、俺も本で読んだことがあった。千年前の魔王との大戦で石化された神々に代わって、今も天界を護り続けているという、伝説の生き物。

侍女《グリフォン》が黒い目を伏せる。

「メルさまは、次期天主——天獣の王となられる御方なのです。けれど……」

サーニャが「ロク」と鋭い声を上げた。その視線を追って、メルの背を見遣《みや》る。

リゼがはっと目を見開いた。

「翼が……」

幼い天馬は片翼だった。

右の翼が根元から引き千切られている。

侍女《グリフォン》が目を潤ませて俯《うつむ》いた。

「半年前、突如として『貪食のフムト』という魔族が天界を襲い、メルさまの翼を奪いました。メルさまは痛みと恐怖のあまり声を失い、地に墜《お》ちたところを商人に捕まったのです。勇者さまが救ってくださらなければ、どうなっていたか」

誰もが声を失って立ち竦《すく》む中、サーニャが天馬《メル》のたてがみを優しく梳《す》いた。メルの白い喉から、小鳥のさえずりのような、細い風のような、ひゅうひゅうという音が鳴る。

「メルさまは翼を失《な》くし、最早《もはや》天界には戻れぬ身。せめてロクさまに身を尽くし、ご恩を返したいと仰《おお》せです。どうか後宮の花嫁の一人として、末永くご寵愛《ちょうあい》いただきますよう」

ひれ伏そうとする麗しい獣たちを、慌てて押しとどめる。

「恩なんて、そんな、俺がしたくてやったことです。それに、いきなりお嫁入りなんて、この子の気持ちは――」

言葉半ばに、メルが真っ赤になっていることに気付いた。

侍女が俺に耳打ちする。

「助けていただいた時から、ロクさまにすっかり御心を奪われてしまったようで」

頬をほんのりと染めて俯くメルの姿に、神姫《じんき》たちが「まあ」と微笑《ほほえ》む。

「さすがは乙女殺《ヴァージン・キラー》しのロクさまですねぇ」

マノンがにこにこしているが……そんな物騒なあだ名、いつ付いたんだろう……

俺は身を屈《かが》めると、メルの双眸を覗《のぞ》き込んだ。

「……少し、傷を見せてくれないか？」

メルは怯えたように後ずさった。幼い瞳には、深い哀《かな》しみと不安が滲《にじ》んでいる。

サーニャがその首筋を優しく撫《な》でた。

「魔族におそわれる恐ろしさはわかる。わたしには家族がいた。あなたたちと同じようにつよい絆《きずな》で結ばれ、よりそって暮らしていた。けれど、みんな魔族に狩られてしまった」

天獣たちが息を呑む。

見開かれたメルの双眸を、サーニャは金色の瞳でまっすぐに見つめた。

「ひとりぼっちになって、こわくて、かなしくて、でも、ロクがわたしを見つけてくれた。今はみんながいる。あなたもあたらしい家族。もう心配はいらない。ここでは、誰もあなたを傷つけない、みんな味方。安心して、傷を癒《い》やすといい」

白銀に輝く幼角に、サーニャはそっと額を寄せた。

「大丈夫。あなたはとても美しい」

「……――」

碧い瞳が涙に霞《かす》む。

メルはおそるおそる、俺に背中を向けてくれた。

右の翼の根元を目でなぞる。無惨《むざん》に抉《えぐ》れ、引《ひ》き攣《つ》れた傷口を見て気付いた。咬創《こうそう》だ。ただ斬り落とされたのではない、根元から喰い千切られたのだ。

フェリスが「なんということを……」と呻《うめ》き、神姫たちが痛ましそうに唇を噛《か》む。

俺は腹の底からこみ上げた苦い怒りを噛み潰した。

豊かな魔力を持ち、戦いを好まない天獣は、魔族の絶好の獲物なのだろう。

襲われた時のことを思い出したのか、メルの細い肩が震えている。魔族に襲われ、商人に捕らえられて、どれほど恐ろしかったことだろう――声さえも失うほどに。

「怖かったな。ごめん、俺があの時、ちゃんと気付けていれば良かった」

背中を撫でると、メルは首を振って、そっと俺に頬を寄せた。

赤く爛《ただ》れた傷口には瘴気《しょうき》が根を張り、メルの魔力が少しずつ流れ出している。

魔力は生命の源。このままでは弱っていく一方だ。

俺は、翼の付け根にそっと手を添えた。

「俺の魔力を流し込む。痛いとか苦しいとか、異変を感じたら、すぐに教えてくれ」

身を硬くするメルに、サーニャが声を掛ける。

「こわがらなくていい。ロクはあなたを傷つけたりしたりしない」

メルが小さく頷《うなず》くのを確かめて、俺はサーニャに左手を差し出した。

「サーニャ、手を」

繋《つな》いだ手に魔力を送ると、周囲のエーテルの濃度が上がり、精霊が舞い上がった。

「メル、力を抜いて、ゆっくり、深く息をして」

右手を通してメルに魔力を流し込む。

弱っていた身体《からだ》にエーテルが巡り始め、強《こわ》ばりがほどけていく。

やがて、瘴気に蝕《むしば》まれていた傷口が淡く輝き——魔力の流出が止まった。

「よし、うまくいったな」

メルがぱちぱちと瞬《まばた》きする。

塞がった傷を見て、天獣たちが歓声を上げた。

「ああ、傷が……！　なんてこと、まるで奇跡のような……！」

「俺の力じゃない、サーニャの子《こ》のおかげです」

メルを襲ったのはかなり高位の魔族だったらしく、瘴気はメルの身体の深くまで潜り込んでいたが、サーニャの精霊の力のおかげで祓《はら》うことができた。

頭を撫でると、サーニャは嬉《うれ》しそうに目を細めた。

天獣たちが歓喜に沸く中、涙ぐんだ侍女が、人の姿に戻ったメルの肩に手を添える。

「重ね重ね、ありがとうございます。ロクさまさえお許しくださるのであれば、どうぞメルさまを後宮の姫として迎え入れて頂き、いつまでもお側《そば》に置いてくださいませ」

幼い花嫁《メル》は物言わぬ瞳で俺を見上げた。静かなまなざしの奥には、ほのかな高揚と熱、そして故郷を離れることへの深い哀しみがたゆたっていた。

――傷は塞がっても、失われた翼は戻らない。それでも、叶《かな》うならば、仲間《家族》の暮らす居場所《天界》へと還《かえ》してあげたい。

俺は碧い双眸《そうぼう》に頷きかけると、天獣たちへと目を向けた。

「その前に、試してみたいことがあるんです。少し、俺に預けてくれませんか」


次の日の朝。

俺はメルと手を繋ぎ、サーニャと一緒に回廊を歩いていた。

「昨日は眠れたか？」

尋ねると、メルは碧い目を伏せた。

サーニャがその頭を撫でる。

「眠れなければ、星を数えるといい。ビルハのみんなが教えてくれた」

メルはこぼれ落ちそうな碧《あお》い瞳でサーニャを見つめて、こくりと頷いた。

サーニャは精霊であるせいか、動物や自然と相性がいい。メルの言いたいこともある程度は理解できるらしく、メルも昨日より少しリラックスしているようだ。

ただ、その身体に流れる魔力はまだか細く、不安定に揺れている。

昨日の帰り際《ぎわ》に天獣たちが見せた、心配そうな表情を思い出す。天界を長く空けることはできないらしく、みんな何度もメルを振り返りつつ帰っていった。

大切なお姫さまを預かったのだ、できることは全てしてあげたい。

厨房《ちゅうぼう》に入ると、厨房番《キッチンメイド》たちが「お待ちしておりました！」と椅子を勧めてくれた。

メルに流れる魔力とテーブルに並んだ食材を見比べながら選別する。

「普段は花や果物を食べているらしいから、肉は使わず、果物を中心にしてほしい。今のところ、杏《アンズ》に李《スモモ》、棗《ナツメ》が良さそうだ」

「お任せください、カヅノ後宮厨房番《キッチンメイド》の名に掛けて、最高の逸品をご提供します！」

厨房番《キッチンメイド》たちは倉庫や畑から材料を取ってきて、さっそく果実粥《がゆ》を作ってくれた。

メルは普段は天馬の姿で食事をしているらしく、匙《さじ》の使い方に戸惑っている。

「口を開けて。あーんって。できるか？」

粥《かゆ》を掬《すく》って差し出すと、メルは小さな口を開けて、はぷ、と含んだ。

「……！」

あどけない顔がぱああっと輝く。

幸せそうな表情に、思わず厨房番《キッチンメイド》たちと顔を見合わせて笑った。

小食だと聞いていたのだが、よほど美味《おい》しかったのか、メルは一皿ぺろりと平らげた。

サーニャが「これもおいしい」と、デザートにクコの実を食べさせていた。

厨房番《キッチンメイド》たちに礼を言って厨房を出る。

「今のメルに大切なのは、身体に合うごはんを食べて、たくさんひなたぼっこをして、ゆっくり眠ることだ。少しずつ魔力《マカ》を回復させていこう。大丈夫、すぐに良くなるよ」

笑いかけると、滑らかな頬がふんわりと朱に染まった。

「おはようございます！　朝のおさんぽですか？」

愛らしい声に振り返ると、シャロットが立っていた。

「ちょうど良かった、シャロット。メルに後宮を案内してあげてくれるか」

シャロットはぱっと顔を輝かせると、「はい！」とメルの手を取った。

「メルさま、こうきゅうはとても広くて迷路のようです。でも、まいごになっても、おねえさまがたにお声をかければ大丈夫ですよ。まずは薔薇《ばら》の宮からごあんないしますねっ」

ぱたぱたと駆けていく二人を微笑ましく見送っていると、ティティがやって来た。

「あっ、ロクちゃん、サーニャちゃん！　ちょっと相談があるんだけど、いいかな？」

会議室に着くと、リゼたちも待っていた。

ティティがテーブルに設計図を広げる。

「メルちゃんの義翼の構想ができたよ。骨組みはマダラコウモリの骨を使って、布はオーロラ蝶《ちょう》の羽衣に、水晶鳥の羽根を編み込もうと思うんだ。ベルトは、人の姿でも天馬の姿でも対応できるように、伸縮性がある素材を模索中で――」

精緻な設計図に、思わず「すごいな」と唸《うな》る。メルの義翼を作れないかと相談したのは昨日のことだが、ティティは早速徹夜して考えてくれたらしい。

「大変だっただろう、ありがとう。材料は手に入りそうか？」

「マダラコウモリの骨と、オーロラ蝶の羽衣は、一週間くらいで取り寄せられるって。手に入り次第、縫製に取りかかるよ！」

「めいっぱい魔力《愛》を込めて縫わせていただきます！」

リゼとマノンを中心にした後宮縫製部隊が、気合いを入れる。

「でも、水晶鳥の羽根はちょうど今から採取シーズンで、まだ市場に出回ってないんだって。北西の山岳地帯で採取できるらしいんだけど……」

　ティティは難しい顔で腕を組む。

「見た目にこだわらなければ別の素材でもいいかもしれないけど、どうしても譲りたくないんだ。メルちゃんに似合う翼にしたくて」

　白く美しい翼を広げて飛ぶ天馬の姿が脳裏に浮かんで、「そうだな」と目を細める。

「俺が採ってくるよ」

　水晶鳥は急峻《きゅうしゅん》な山に巣を作るらしい。捜索が広範囲に及ぶから、山岳地帯で何泊か野宿することになるだろう。冬も近く、標高も高いことから厳しい道のりが予想される。

　メルの傷は塞がったし、あとはリゼたちに任せて心配ないだろう。

　早速準備に取りかかろうと立ち上がって、俺を見上げるサーニャに気付いた。

「一緒に行こうか」と笑いかけると、サーニャはこくりと頷いた。


　翌日の早朝。

　俺は見送りに出てくれたメルの頭を撫でた。

「ちょっとアイテムを採りに行くだけだ、すぐに戻るよ」

　メルは宝石のような瞳で俺を見上げて、小さく頷いた。

「それじゃあ、行ってくる。メルを頼む」

「お気を付けて」

リゼたちに見送られて出発する。

メルは遠ざかる俺とサーニャを、いつまでも見つめていた。

馬を駆って、王都から北西に位置する山岳地帯へと向かう。

三日掛けて街道を北上し、四日目の朝、麓の街で馬を預けて山道に入った。

渓谷の道を往くこと半日。

何やら人だかりができている。

近付くと、商人や冒険者たちが立ち往生していた。

「今朝の地震で落盤があったみたいでな。馬車が通れないんだ」

見ると、大きな岩が道を塞いでいる。恰幅《かっぷく》のいい商人が、「おい、これだけ冒険者がいて、どうにかできんのか！」と喚《わめ》いていた。

人々は、「そんなこと言ったってなぁ」と諦め顔だ。

俺は人垣を抜け、一軒家ほどの大きさの岩に歩み寄った。

目を凝らす。岩の表面に魔力回路が浮かび上がった。

俺は網の目のように絡《から》み合ったそれを視線でなぞり――

「ああ。ここだな」

とん、と一点を突いて魔力を流し込む。

途端に亀裂が走り、岩がぼろぼろと砕け散った。

「うわ、っとと……」

思いのほか細かく砕きすぎたらしく、土煙が盛大に立ち上って後ずさる。

この世の万物には魔力が通っていて、魔力回路には弱点——核が存在している。そこを突くことで崩壊させることができるのだが、あまり使うことがないので力加減が難しい。

「もうちょっと練習が必要かな」

手を握ったり開いたりする俺に、商人たちがあんぐりと口を開け、冒険者が群がった。

「兄ちゃんすごいな、あんなの初めて見たよ！　何のスキルだ？　それとも魔術か？」

「あんたら、二人旅かい？　良かったらウチのパーティーに加わらないか？」

あちこちから掛かる誘いを丁寧に辞退し、手を振って別れる。

途中で道を逸《そ》れ、水晶鳥の巣を目指して岩だらけの山肌を登った。

「この辺りに生息してるはずなんだけど」

巣を探す内に、日が暮れ始めた。

「今日はもう休もうか」

幸い天気は良《い》い。岩肌の間にわずかな平地を見つけると、野営の準備を整えた。

夜空の下で火を焚《た》き、湯を沸かして食事を摂《と》る。

「ついてる」

パンをもぐもぐしているサーニャの口元を拭う。

食事を終えると、寝袋を広げた。

息が白い。特殊な素材で編まれた寝袋のおかげでそれほど寒さは感じないが、空気はキンと澄んでいる。空には満天の星が輝いて、今にも落ちてきそうだ。

銀砂を撒《ま》いたような空を見上げていると、サーニャが寝袋から出てきて袖を摑《つか》んだ。

「一緒に、ねたい」

「ん」

端に寄って寝袋を持ち上げると、サーニャは小さな隙間にするりと潜り込んだ。

華奢《きゃしゃ》な身体《からだ》は俺の腕にすっぽりとおさまってしまう。

「寒くないか？」

サーニャはこくりと頷《うなず》いて、俺の胸に頬を寄せた。

「あたたかい。ロクのにおい、好き。安心する」

「そうか」

金色の双眸《そうぼう》が、遠く、後宮の方角を仰ぐ。

「メル、眠れてるか、心配」

うん、と頷きながら、出発前、少しでもメルが安心できるようにと、フェリスがリラックス効果のあるハーブティーをブレンドしてくれ、リゼが『天界に近い環境を作りましょう！』とメルのベッドに綿を敷き詰めていたのを思い出す。

「大丈夫、きっとおいしい物を食べて、シャロットとよく遊んで、安心して眠ってるよ」

サーニャが小さく頷いた。

小さな子どもを寝かしつけるようにして、優しく背中を叩《たた》く。

温かくて柔らかい。猫みたいだなと思っていると、腕の中からサーニャが見上げた。

「どうやったの？」

「ん？」

「あんなにおおきな岩をくだいた」

「魔力回路の穴《核》を突いたんだ」

天空に輝く星を指でなぞりながら呟《つぶや》く。

「どんなものにも弱点がある。相手がどんなに頑丈でも強大でも、弱点さえ突けば、突破口は開ける」

サーニャはじっと考えて、「ロクにも？」と首を傾《かし》げた。

「ん？」

「ロクにも、弱点、あるの？」

白い息を吐いて笑う。

「あるよ、たくさん」

この世界に来る前は、同じ毎日を繰り返すばかりだった。苦労して手に入れたものは指の間から零《こぼ》れて、ようやく得たはずの居場所からも弾《はじ》かれ続けて。失うものなんてない人生だったけれど、この世界に来てから、護《まも》りたいものがたくさんできた。

姫たちの笑顔や、穏やかな日々、みんなと見た美しい景色——大切なものが、どんどん増えていく。全部俺の弱点であり、誇りだ。

サーニャは金色の双眸で俺を見上げていたが、不意に手を伸ばした。

「おしえて。ロクの弱点。どこ？　ここ？」

脇腹を突かれて、「ゔッ」っと呻《うめ》く。

「ちょ、サーニャ、くすぐった、い……」

「ここ？　こっち？」

「やめ、サーニャ、っふ、待ってくれ、ッく……」

歯を食い縛って耐える俺を、サーニャはなぜかちょっと嬉《うれ》しそうに見上げている。

「……サーニャの弱点は？　ここか？」

薄いお腹《なか》をつつき返すと、サーニャはぴくん、と背中を丸めた。

「っ、ロク、ゃ」

「ん？　なんだ？　聞こえない」

「ん、ゃ、いじわる、しない、で、ふふっ」

子どもみたいな無邪気な笑顔に、不意に、出会ったばかりの頃、サーニャの故郷で一緒に見た星空を思い出した。

家族を失い、ひとりぼっちになってしまった女の子。

もしも俺が、サーニャにとって安心できる居場所になれているのなら、とても嬉しい。

「もう寝ようか。明日もたくさん歩くから」

俺はランタンに手を伸ばし——

「ロク。家族《子ども》をつくろう」

「うあっつ⁉」

手元が狂って、魔石に炙《あぶ》られた指がジュッ！　と焼ける。

「さ、サーニャ……？　なんて……？」

ヒリつく指を押さえながら問うと、サーニャは全く同じテンションで繰り返した。

「子どもをつくろう。優れた雄は、たくさんの雌を従え、つがいになり、群《ハレム》れをつくる。そして、子どもをつくる」

柔らかな身体がひたりと寄り添う。

ひとつの寝袋の中、逃げ場もなく仰《の》け反《ぞ》る俺に、人形のように整った顔が近付いた。

「サーニャ、待っ……」

「生き物はみな、幾億の星の中から巡りあって、愛しあい、いのちをつなぐ。とても大切なこと」

神秘を湛《たた》える金色の視線が、俺を射抜いた。

「ロクの子どもがほしい」

心臓が大きく脈を打つ。

熱い頬を小さな手が包んで、喉がひくりと痙攣《けいれん》した。

「だいじょうぶ。目をとじて、わたしにまかせればいい」

「っ、サーニャ……！」

制止する間もなく、艶《つや》めく唇が近づき——首筋にかぷりと噛《か》み付かれた。

「ッ……！」

予想外の刺激に硬直する。

「これで儀式は完了した」

サーニャは満足そうに言うと、俺の頬に鼻をすり寄せた。

「おやすみなさい。いい夢を」

やがて、すうすうと聞こえ始める健やかな寝息。

「…………？　？？？　？　？？？？」

じんじんと甘い熱を訴える小さな歯の跡を押さえる。

これ、たぶんあれだよな……？　猫科の動物が交尾する時の……でもこれってそもそも雄が雌にするもので……どこから教えたらいいのだろうか、ますはおしべとめしべの話から……？　いや、俺が教えるのも問題がある気がする……

その夜、俺は一睡もできないまま過ごし、朝陽《あさひ》が差し込む頃になってようやく「よし！帰ったらマノンに相談しよう！」という結論に至ったのだった。

水晶鳥の巣《コロニー》を発見したのは、それから二日後のことだった。

「すごいな……」

透き通る翼を持つ鳥の群れに息を呑《の》む。

岩肌の一面に、きらきらと光が乱舞する。まるで海のようだ。
巣《コロニー》では、水晶鳥の雛《ひな》たちが巣立ちの時を迎えていた。
まだ小さな雛たちが、風に向かって羽を広げる。
傍《そば》では親鳥たちがその様子を見守っていた。
危うげに飛び立った子どもに寄り添い、上空へと導く。
雛たちが無事に巣立った後。
巣には、真っ白い羽根が残されていた。
そっと拾ってみる。軽い。空に透かすと、陽光を反射して美しく透き通った。
この羽根を編んで、翼を作るのだ。
「メルに似合いそうだ」
胸の高鳴りを押さえながら呟くと、サーニャが頷いた。
空になった巣から羽根を拾い集める。
ふと見上げると、空には無数の翼が舞っていた。
「きれい」
自由に空を駆ける美しい姿が、メルと重なる。
風を切って飛ぶ鳥たちに声もなく魅入っていると、微《かす》かな旋律が聞こえた。

サーニャが歌っている。

細い歌声が、伸びやかに天へと響く。

俺の視線に気付くと、サーニャは少し恥ずかしそうに髪を押さえた。

「ビルハに伝わる、旅立ちの歌。子どもの無事を祈り、言祝《ことほ》ぐ」

「いい歌だな」

金色の瞳が、寄り添って飛ぶ鳥の親子を映す。

一陣の風が、銀髪を揺らした。

「──今なら分かる。魔族《あいつ》はわたしを狙っていた。みんな、わたしを護ろうとして、食べられてしまった」

風に向かって立つ細い背中に、俺はそっと手を添えた。

サーニャが頭をすり寄せる。

サーニャを護り育んでくれたという騎馬の民。深い絆《きずな》で結ばれた、温かい人々。

一度、会ってみたかった。

柔らかな銀髪を梳《す》いて「少し休もうか？」と尋ねると、サーニャは首を振った。

「ありがとう。でも、大丈夫。メルがまってるから、いそごう」

そして、四日後。

袋一杯に羽根を詰めて後宮に戻ると、ティティが歓声を上げた。

「よーし、あとは任せて！　世界で一番きれいな翼を作ってみせるよ！」

裁縫部隊が慌ただしく動き出す。

「ねえ、こっちにも糸回して！　羽根、余ってるところない？」

「みてみて、すっごく綺麗《きれい》に縫えたー！」

あちこちで賑《にぎ》やかな声が行き交う。

後宮を挙げて翼作りに取り掛かること三日。

王都から半日ほどの距離にある草原。

青く澄んだ空の下、俺は神姫《じんき》たちと共に丘の上に立っていた。

姫たちが見守る先、天馬の姿をしたメルが、風に頭を擡《もた》げる。

純白の毛並みは美しく艶《つや》めき、額に戴《いただ》いた幼角が眩《まばゆ》く輝く。翳《かげ》っていた碧《あお》い瞳はまっすぐに前を向き、溢《あふ》れるほどの生命力が満ちていた。

天獣たちが涙ぐむ。

「メルさま、すっかり見違えて……」

ティティと手分けしながら、メルの胴にベルトを固定する。

「きつくないか？」

メルが頷《うなず》く。

そして、一対の翼が完成した。

眩いばかりの魔力が、小さな身体《からだ》の内側に溢れている。

燃えるようなたてがみを、サーニャがそっと撫《な》でた。

「あなたなら大丈夫」

メルがサーニャに頬をすり寄せる。

草がそよぐ。

メルが風に向かって翼を広げた。

細い四肢が地を蹴る。白い尾が風になびき、徐々に加速していく。

俺たちが息を詰めて見守る中、紅《あか》い蹄《ひづめ》がふわりと浮き、そして、空へと舞い上がった。

「……！」

白い天馬が蒼穹《そうきゅう》を駆ける。優雅に、美しく、伸びやかに。

「ああ……！」

天獣たちが声を震わせ、神姫たちが歓声を上げた。

「わあ、すごい、すごーい！」

「メルさま、きれい……！」

ティティが飛び跳ね、シャロットが両手を組んできらきらと目を輝かせる。

天獣たちが手を取り合い、涙を流して喜び合った。

白い両翼は風を摑《つか》み、軽やかに青空を舞う。

やがてメルは高度を落とすと、地面すれすれを滑空しながら近付いてきた。

着地する直前で少女の姿になる。

片翼の天使が、俺の胸にまっすぐに飛び込んだ。

「ロク、さま……！」

はっと耳をそばだてる。

細く繊細な、美しい笛の音のような声。

「もう……もう、自分の力で飛ぶことはできないと、諦めていました……！」

俺を見上げる碧い瞳から、宝石よりも透明な雫《しずく》がこぼれ落ちる。

「ありがとう、ございます……！」

俺はそっとその涙を拭って、柔らかな髪を撫でた。

メルは俺に微笑《ほほえ》み掛けると、隣のサーニャに抱き付いた。

「サーニャさま……！」

声を震わせるメルを強く抱きしめて、サーニャが目を細める。

「とてもきれいだった」

メルが声を詰まらせて目を閉じる。

神姫たちが喝采を送りながら飛び跳ね、天獣たちが抱き合って感涙にむせんだ。

「みなさま、本当に、本当に、ありがとうございました……！」

メルが涙ぐみながら神姫たちに頭を下げた時。

大地が鳴動した。

「……！」

地面が揺れ、天からバリバリと落雷じみた轟音《ごうおん》が響く。

マノンがはっと空を指した。

「あれを！」

空に走る、歪《いびつ》な亀裂——天の裂け目から、巨大な目が覗《のぞ》いていた。

「ひ……！」

息を呑む神姫たちの視線の先で、タールのような粘液がぞろりと溢れ出す。

巨大な眼球がぎょろりと蠢《うごめ》き、歪な口から怖気《おぞけ》立《だ》つような澱《よど》んだ声が溢れた。

『ああ、餌だ餌だ。オレの飢えを、渇きを満たす為《ため》の至高の餌。ようやく見つけたぞォ』

天獣たちの悲鳴が渦巻いた。

「あれは、『貪食のフムト』……！　半年前にメルさまを襲った魔族です！」

「まさか、天界を通って追ってきたというの……!?」

震えるメルを、サーニャが背後に庇《かば》う。

ドロドロと黒く巨大な質量が天と地を繋《つな》ぎ、べちゃりと丘に降り立った。

天に届くほど巨大な、ぶよぶよと形の定まらない半個体状の身体。その真ん中で不気味に光る一つ目の眼球と、不揃《ふぞろ》いな牙の覗く口。奇妙に折れ曲がった不格好な手足。

獲物を喰《く》うためだけの機能に特化したおぞましい怪物が、歌うように口を開く。

『喰ってやった、喰ってやった。竜《ドラゴン》も、エルフも、人間も。だが、天獣が一番旨《うま》いィ』

魔族――貪食のフムトは、鋭い牙を舐《な》め回すようにして舌なめずりした。

『さァ、大人しく丸呑みにされるか、苦しみながら噛《か》み砕《くだ》かれるか。好きな方を選ばせてやる』

「シャロット、天獣たちを！」

「はい！」

シャロットが天獣たちを一ヶ所に集めるのを横目に、俺は祝福の剣《アンベルジュ》を引き抜いた。

「後宮部隊、戦闘配置『アイギス』！　盾の陣形を取れ！」

神姫たちが俺の指示に応え、瞬時に天獣たちを護《まも》る防御陣形を展開する。

「護りの乙女の銘に於《お》いて、絶対にメルさまたちに手出しはさせません！　盾花部隊、『魔　壁《マジックシールド》』展開！」

リゼの号令と共に魔術障壁が発動。

俺は背後で魔力を練り上げている弓姫たちへ声を張った。

「弓姫部隊、構え！」

「攻撃準備、構えーっ！」

ティティが復唱し、横隊を組んだ弓姫部隊が魔族へ狙いを定める。

「撃《てぇ》────ッ！」

号令と同時に魔術の矢がフムトへ殺到し、着弾。

「やった！　全弾命中！」

泥のような巨体には、無数の矢が突き立っている。

しかし。

黒い肉が盛り上がったかと思うと、瞬《また》く間《ま》に魔術の矢を呑《の》み込んだ。

「な……！」

『いいぞォ、もっともっと魔力を寄越せ！　オレのために、魔王様のためにィ！』

赤い単眼が笑みの形に弧を描き、肺を灼《や》くような瘴気《しょうき》が噴き付ける。

「フェリス！」

俺が叫ぶが早いか、右翼から稲妻のような閃光《せんこう》が疾走《はし》った。

「その図体《ずうたい》、切り裂いてやるわ！　『雷牙一閃《ヴァジュラ・エインガー》』！」

フェリスの神器が発動、雷光の如《ごと》き剣閃《けんせん》がフムトに迫り――

黄金の切っ先が届く直前、フムトの巨体が二つに分かれた。

「ッ⁉」

黒い肉が二体の大蛇となって、左右から大地を削りながら迫る。

「散開！」

神姫たちが天獣を庇いつつ散開する。

地面に二筋の巨大な爪痕を残し、魔族は再び合体して巨体へと戻った。

『ひひひ、威勢が良《い》い。食べ応えがありそうだなァ。だが、まずはこいつだ』

血走った眼《め》が、怯《おび》えるメルを捉えた。

舌なめずりと共にゆっくりと手を伸ばし――その腕を、サーニャの短剣が切り刻んだ。

『！』

黒い肉片がぼとぼとと地面に落ちる。

魔族を睨《にら》み付けるサーニャを、不気味に光る眼球が捉えた。

『変わった匂いがするなァ。この魔力の匂い――オマエ、あの時喰い損ねたガキかァ？』

「……！」

サーニャの顔がはっと青ざめ、俺は息を呑んだ。

こいつまさか、ビルハの人々を襲った……！

不気味に裂けた口が『いひっ、いひひっ！　やはりそうか！』と愉悦に歪《ゆが》む。

『オマエの家族の味、よォく覚えているぞォ？　久々に歯ごたえのある餌だった。噛み砕かれながら、オレを内側から斬り裂こうと最期《さいご》まで暴れてなァ。大人しくオマエを差し出せば苦しまずに済んだものを、無惨《むざん》に喰い散らかされて、見物だったなァ！』

祝福の剣《アンベルジュ》を握る手がぎしりと軋《きし》む。

サーニャの双眸《そうぼう》が怒りに燃え上がった。

「ゆるさない……！　よくも、よくもわたしの家族を……！」

『ひ、ひひひ、今度こそ逃がすものか。その類い希《まれ》な魔力、魔王様への極上の献上品となるだろう。さァ、オレたちの糧《かて》となれ！』

刹那、地面に落ちた肉片が、黒い蛇と化して一斉に飛び掛かった。

「っ！　迎撃用意！」

「弓姫部隊、迎撃構え！　用意！　撃────ッ！」

弓姫部隊が無数の蛇へ掃射を浴びせ、盾花部隊が再び護りを固める。

姫たちが陣形を取る中、サーニャが単身飛び出した。

襲い来る蛇《分裂体》たちを斬り捨てながら本体へ迫る。

「サーニャ！」

叫んだ声は届かない。

俺はその背を追った。

「マノン、指揮を頼む！」

「かしこまりました！」

サーニャは怒れる獣のように銀髪を逆立て、フムトへと突進する。

「おまえが、すべて奪った……！」

小さな身体が、襲い来る蛇たちを回避しつつ地面を蹴ってフムトの巨体へと跳躍。

しかし、サーニャが狙いを定めた先。

黒い肉が裂け、新たな口ががぱりと開いた。

「ッ……！」

「サーニャ！」

魔力でブーストを掛け、フムトの巨軀《きょく》を駆け上がる。

手が届いたのはほとんど奇跡だった。

魔族の牙がサーニャの身を砕く寸前で掻《か》っ攫《さら》う。

着地するが早いか、フムトがぐわりと身を乗り出した。

『いひひひひ！　旨そうだなァ、旨そうだなァ！』

巨大な口が地面を削りながら迫る。

俺はサーニャを降ろすとフムトへ向かって加速し、跳躍した。

剝《む》き出しの眼球に祝福の剣《アンベルジュ》を突き立てる。

そのまま渾身《こんしん》の力で横に薙《な》ぎ——

「……ッ！」

ぞわ、と怖気立つような感触が背筋を突き抜ける。刀身は確かにフムトの半身を裂いた。

だが、手応えがない。

フムトの魔力が不穏にざわめく。切り裂かれた傷口が一瞬で再生したかと思うと、ぶよぶよと蠢く肉から無数の手が飛び出した。

黒い手が俺を抱き込もうと絡《から》みつく。

「ロクちゃんっ！　弓姫部隊、援護！」

ティティの号令一下、魔術の光がフムトへ迫り――無数の口が開いて、その全てを呑み込んだ。

「だめ、通じない……！」

誰かの悲鳴が悲痛に響く。

拘束が緩んだ隙に、俺は絡みついた腕を引き裂いて、サーニャの元へ降り立った。

「怪我《けが》はないな、サーニャ？」

「ごめん、なさい……」

「いいよ。サーニャが無事なら、それでいい」

俺たちを嘲るように、無数の口が一斉に嗤《わら》った。

『オレたちが餌《魔力》を喰らえば喰らうほどに、魔王様の覚醒が近付く！　魔王様の復活とともに全ては無に帰す、そうなる前に喰らい尽くしてやろう！』

フムトの手足が分裂、新たな蛇の群れと化して神姫《じんき》たちへ殺到した。

俺とサーニャは援護に向かおうと振り返り――黒い巨体が行く手を遮った。

『貴様らは特別に、オレが相手をしてやろう』

「ッ……！」

フムトの肉が盛り上がり、無数の腕が伸びた。

サーニャと背中を合わせ、風を切って襲い来る腕を左右に斬り払いながら目を凝らす。

巨大な肉の内側、黒い魔力が渦巻いている。

魔族も魔力回路がある限り、突くべき弱点《かく》があるはずだが、どこにも見当たらない。

(一体どこに……——!)

ほぞをかんだ時、視界の隅で、ちかりと黒い光が走った。

「——!」

フムトの腕を薙ぎ払いながら声を上げる。

「サーニャ! 魔族にも弱点が——核がある! 俺じゃ追えない、君に任せる!」

サーニャがはっと振り返った。

深い哀《かな》しみと怒りを湛《たた》えた瞳に笑いかける。

「相手をよく見るんだ、サーニャならできる」

金色の双眸に、星のような光がたゆたう。

俺は祝福の剣《アンベルジュ》に魔力を注ぎ込むと、フムト目がけて振り抜いた。

白銀の光刃が巨体の上半分を消し飛ばし——すぐに黒い肉がうぞうぞと再生していく。

『ひひひ、無駄だ無駄だァ! どんなに抗《あらが》おうと貴様らはオレの糧となる運命なのだ!』

嵐のように襲い来る腕を斬り落とし、攻撃を引き受ける。

「行ってくれ、サーニャ」

ビルハの家族《かぞく》の仇《かたき》を取り、大切な人たちを護るために。これからも君らしく、凛《りん》と首を擡《もた》げて、前へ進むために。

サーニャが頷《うなず》き、身を翻《ひるがえ》した。

◆◆◆

脚に食らい付こうとする黒い分裂体《へび》を切り刻みながら疾走《はし》る。

「第三部隊、サーニャさまを援護！」

マノンの号令一下、押し寄せる蛇の群れへ、二の矢、三の矢が降り注いだ。

やがて神姫たちの後方に、その姿を見つける。

サーニャはメルに駆け寄り、小さな手を握った。

「わたしに力を貸して」

メルは碧《あお》い瞳で頷き、天馬の姿となって翼を広げた。

純白に輝く背にひらりと跨《また》がる。

白い翼が風を掴《つか》み、空へと舞い上がった。

上空から戦場を見下ろす。

神姫たちが、押し寄せる蛇の群れから天獣を護《まも》り、黒くそびえ立つ不気味な巨体をロクがたった一人で食い止めている。

深く息を吸う。

耳に、ロクの教えが蘇《よみがえ》った。

『感覚を研ぎ澄ませるんだ。視野を広げて、全体をよく視《み》て。サーニャのその力が、きっとサーニャの大切な人や動物たちを護ってくれる』

心臓が熱く脈打ち、魔力が巡る。

――あの時とは違う。自分には、家族《大切な人たち》を護る力がある。

いつか故郷の星明かりの下で、優しく頭を撫《な》でてくれた手を思い出す。

あの人《ロク》は、無限に広がる星の中から、自分を見つけてくれた。

ひとりぼっちになった自分に、家族の温かさを思い出させてくれた。

『自分が何者かは、サーニャが決めていいんだ。人間でも、精霊でも、サーニャはサーニャだ』

悠久の砂漠で、自分の正体が精霊だと知った時。

戸惑う自分を、けれどあの人は、決して何かに繋《つな》ぎ止めようとはしなかった。

ただいつでも掴まれるように、手を差し伸べ続けてくれた。

誇り高い生き方を選べるように。

自由に道を拓《ひら》けるように。

（今度は、わたしが、こたえる番）

両手の神器《短剣》が眩《まばゆ》い光を放つ。

柄《つか》を持つ手が熱を帯びた。

頭の中に声が響く。

宵闇にひっそりと息づく、遥《はる》かなかそけき光のような声が。

【嵐に瞬《またた》き、英雄を導く光。或《ある》いは、幾億の命の中から巡り会う、奇跡そのもの。我が名は星影。星の内海に輝きて、運命を導くもの】

双眸に魔力が宿る。

入り乱れる戦場で吼《ほ》え猛《たけ》る、おぞましい化け物。

旅人を眩く導く魁星《かいせい》のように、その弱点《核》が浮かび上がる。

「見つけた。おまえたち、、、」

うぞうぞと蠢《うごめ》く分裂体のうちの、五体。

不自然に繁《しげ》みに隠れながら高速で移動する蛇たちの身体《からだ》に、金色の点が浮かんでいた。

神器から視神経へと魔力が流れ込み、辿《たど》るべき星座《軌道》を描く。

「神器解放。『星影の短剣《ルアノーヴァ》』」

サーニャは遥か地上を見据えて、天馬の背から飛び降りた。

「星を結び、勝利へ続く路《みち》を示せ。『星辰舞踊《ミラージュ・ワルツ》』」

着地と同時に、核の一体を打ち砕く。

断末魔を聞き届けることなく足に魔力を集め、とっ、と地面を蹴った。

全身に魔力が巡る。身体が軽い。次の標的へ吸い寄せられるように、四肢が動く。

サーニャは金の閃光《せんこう》となって、五つの軌道を駆け抜けた。

◆◆◆

「星を結び、勝利へ続く路を示せ。『星辰舞踊《ミラージュ・ワルツ》』」

分裂した核を追って、メルから飛び降りたサーニャが星座のような軌道を描いた。

正確無比な一撃が、核を持つ蛇を次々に打ち砕いていく。

『つが、あああぁぁあぁあぁあぁあああああ⁉』

フムトの全身に亀裂が走った。

血走った眼球がぎょろりと動く。
『図に乗るな、無力な家畜ごときがァァアア！』
閃光のように駆けるサーニャを喰《く》らおうと、フムトがひび割れた手を伸ばす。
『魔力を！　魔力を寄越せぇぇぇぇぇぇぇ！』
俺は大きく踏み込むと、黒い腕を駆け上がり、その眼前へ躍り上がった。
祝福の剣《アンベルジュ》を振りかぶり、ありったけの魔力を流し込む。
溢《あふ》れる白銀の光に、フムトの目が驚愕《きょうがく》に見開かれた。
『貴様、その、その魔力はッ……！』
大きく開かれた口腔《こうこう》目がけて、刀身に乗せた膨大な魔力を叩《たた》き付ける。
「こいつが欲しかったんだろ！」
『ギアァァアアアアアアア！』
巨体の内側で魔力が暴発、破裂すると同時、サーニャが最後の核を打ち砕いた。
散らばった肉片からガスが抜けるように瘴気《しょうき》が噴き上がり、風に溶け消えて行く。
「ロク！」
剣を納めた俺に、サーニャが駆け寄ってくる。
膝を突き、飛び込んできた身体を抱き締めた。

「ありがとう。よくやってくれた」

サーニャが目を細めて、頬をすり寄せた。

遠くで歓声が聞こえる。神姫も天獣も無事のようだ。

サーニャとまなざしを交わして微笑《ほほえ》んだその時、サーニャの短剣が光を帯びた。ほどけた光が宙に集まり、やがて現れたのは、小柄な少女だった。小さな身体をぶかぶかのローブで覆い、目はくしゃくしゃの前髪で隠れている。

神器に眠っていた少女――初代神姫は、俺の前に膝を突いた。

「今世ではお初にお目に掛かります。神々より遣わされました神器がひとつ、『星影の短剣《ルアノーヴァ》』にございます。勇者さまの再来を、心よりお待ちしておりました」

細く張りのある、少年のような声だ。

「助かったよ、ありがとう、星影の短剣《ルアノーヴァ》。これからもよろしく」

微笑みかけると、星影の短剣《ルアノーヴァ》は「はわ、はわわわ……ちょ、かっこよ……まぶしっ……」と目を袖で覆った。

その様子をじっと見ていると、星影の短剣《ルアノーヴァ》は恐る恐る首を傾《かし》げた。

「あの……な、何か？」

「あ、いや、髪で隠れてるから……どんな目をしてるのかなと思って」

「い――いえいえいえ!?　じじ自分なんか取るに足らない、ちっぽけな、神器の末席の末席の末席ですすのでっ！　そその、見たところでお目汚しになるだけかととと……！」

ルアノーヴァはわたわたと袖を振り――サーニャが、その顎をくいと持ち上げた。

前髪の間から現れた藍色《あいいろ》の目を、金の双眸《そうぼう》でまっすぐに覗《のぞ》き込む。

「そんなことはない。あなたはあなた、他の何者にも代えられないと、わたしのつがいなら言う。家族になろう。わたしたちは、共に生きることができる」

「トゥンク……！」

星影の短剣《ルアノーヴァ》は真っ赤になると、両袖で顔を覆って縮こまった。

「もう無理、ご主人さまたちが眩《まぶ》しすぎるぅ……とにかくよろしくおねがいしますっ！」

腕輪となってサーニャの手首におさまり、沈黙する。照れ屋なのだろうか。

サーニャと顔を見合わせて笑った時、神姫《じんき》たちが集まってきた。

「凄《すご》いです、サーニャさま！　美しく駆け抜けるお姿、まるで金色の風のようでした！」

わいわいと褒めそやされるサーニャの元に、メルが降り立った。

サーニャがその額を撫でる。

「背中に乗せてくれてありがとう。あなたはとても誇り高く、勇敢な戦士」

メルは碧い目を細めて、嬉《うれ》しそうに笑った。

天獣たちが涙ながらに頭を下げる。

「ああ、何とお礼を申し上げたらいいか……！　皆さまは私たちの命の恩人です！」

「それにしても……まさか一度ならず二度までも、天界に侵入されるなんて……」

天獣の何人かが、不安げに空を見上げた。

「ここのところ、魔王が封印されている【瘴気の巣】で不穏な動きがあり、魔族たちの力が増しています」

俺はマノンと目を見交わした。最近も王宮から報告があったばかりだ。各地でダンジョンの発生が相次ぎ、魔物たちが凶暴化していると。……やはり魔王が絡《から》んでいるのか――

「魔王が潜む【瘴気の巣】は強い瘴気で覆われており、私たち天獣も近付くことができません。魔王が倒されないことには、この世界に平和は訪れないでしょう」

神々が不在の今、戦う術《すべ》を持たない天獣たちは不安が尽きないだろう。

「何かあったら呼んでくれ。いつでも駆けつける」

そう約束すると、天獣たちは目を潤ませた。

隣のメルへと視線を移す。

「また、いつでも遊びにおいで。みんな、楽しみに待ってるから」

メルは頬を染め、噛《か》みしめるように頭を下げた。

「このご恩は生涯忘れません。ロクさまこそが、真の勇士にして救世の英雄。来たるべき決戦の刻、わたしたち天獣は、必ずやみなさまの力になるとお約束します」

涙に潤んだ碧《あお》い瞳が、サーニャを見つめた。

「サーニャさま。わたしに飛ぶ勇気をくださって、ありがとうございました」

「元気で。また一緒に、ひなたぼっこをしよう」

空へ帰っていく天獣たち、その先頭を、純白の天馬が軽やかに駆ける。

天高く昇っていく白い翼を、サーニャはいつまでも見上げていた。

ふと、小さな声が「ロク」と俺を呼んだ。

「ん？」

俺は袖を引っ張られて屈《かが》み――頬に、ちゅ、と柔らかい感触が触れた。

驚く俺に、金色の双眸がふわりと笑う。

「たくさんの星の中から、わたしと出会ってくれて、ありがとう」

胸に温かな光が満ちる。

俺は笑って、その頭を撫でた。

王宮への帰途。

草原に風が渡る。

不意に足を止めた俺を、リゼが振り返った。

「ロクさま？　どうかなさいましたか？」

不思議そうな神姫たちを見つめて、口を開く。

「ずっと考えてたんだ。いずれ来る、決戦のことを」

神姫たちが、はっと緊張を浮かべる。

緑萌《も》える丘の先。遠く、王都を見はるかす。家族や友人と笑い合い、平穏な生活を営む、たくさんの人々が暮らす、空の下。

今こうしている間にも、世界のどこかで誰かが傷付き、大切な人を奪われている。

生きとし生けるものを恐怖へと陥《おとしい》れては、より力を蓄え続けている魔族たち。その根本を絶たなければ、哀《かな》しみの連鎖は終わらない。

――魔王を倒す。

俺にはまだ、決定的な力が足りていない。それでも。

この世界を――大切な人たちの笑顔を護《まも》りたい。

「そう遠くない未来に、決戦の時が来る。戦いはより熾烈《しれつ》になる」

俺は風に首を擡《もた》げ、俺を見つめる姫たちを見渡した。

「俺はこれからも君たちと共にありたい。君たちが今日まで傍《そば》で支え続けてくれたことに、言葉を尽くしても足りないくらい感謝してる。だけど同時に――だからこそ、君たちの幸せを、心から祈ってる。もしも他に行きたい道があるのなら、幸せになれる道があるのなら、どうか迷わず選んでくれ。俺は必ず君たちが選ぶ未来を祝福し、背中を押すと約束する、だから――」

「ロクさま」

リゼが胸に手を当て、ふわりと微笑む。

「私たちは、ロクさまが後宮にいらした時から――掃きだめと呼ばれていた後宮の主《あるじ》となり、救ってくださったあの時から、貴方《あなた》について行こうと決めました。私たちはロクさまの心臓であり、魂《こころ》の一部。ロクさまと共に歩むことこそが、私たちの選んだ幸せなのです。我ら神姫、どんなに困難な道であろうと、最後までお傍で戦い抜くことを誓います」

俺がこの世界に来た時から共に歩み、支えてくれた少女たち。

その誰もが、強く、優しい目をしていて。

「一緒に、幸せになりましょう」

何もかもを包み込むような温かい笑顔に、胸が熱く熱を帯びる。

「――ありがとう」

嘯みしめるように告げると、少女たちが花のように笑った。

遥《はる》か北の果てへと目を馳《は》せる。

千年の長きに亘って人々を脅《おびや》かし、今もなお恐怖の頂点として君臨する、魔族たちを統《す》べる王——魔王が眠る瘴気の巣。

いずれ来る、決戦の地へと。


「どうやら、決意を固めたようじゃのう」

その夜。公務用に宛がわれた執務室。

書類から顔を上げると、机に座ったビビが面白そうに俺を覗き込んでいた。

絹のようなぬばたまの髪に、夜を切り取ったようなドレス。整った顔の中でも一際《ひときわ》印象的な紫《アメジスト》の瞳が、いらずらっぽくきらめく。

こんなに愛らしい女の子が、神の一柱——運命神だというのが、未《いま》だに信じられない。

「それにしても、あの災害級の貪食《フムト》まで退けるとは。カヅノ後宮、快進撃じゃのう」

「俺一人じゃ太刀打ちできなかった。みんなのおかげだよ」

「これ、この慎み深さよ。そりゃああの初心《うぶ》な天獣たちすら虜《とりこ》にするわけじゃ。さすがは当代きっての伊達《だて》男、カヅノ後宮天界支部ができるのも時間の問題じゃなぁ」

大仰な口上に苦く笑っていると、愛らしい声がした。

「当たり前でしょ。なんたって、あたしのご主人《マスター》さまなんだから」

祝福の剣《アンベルジュ》から淡い光が立ち上ったかと思うと、少女の姿を取る。

ツーサイドアップに結った、艶《つや》めくピンクブロンド。小さな顔は人形のように整い、こぼれ落ちそうに大きな瞳は魅惑的なオーロラ色をしている。

少女――祝福の剣《アンベルジュ》は、長い髪を払って肩をそびやかした。

「それに、あたしがついてるもの。どんな魔族が来たって、負けやしないわ」

ビビは真剣な顔になって、片眉を跳ね上げた。

「しかし、魔王を斃《たお》すのは簡単ではないぞ。彼奴《きゃつ》は瘴気《しょうき》の巣に護られ、今この瞬間も、眷属《けんぞく》を使って力を蓄え続けておる。忌々《いまいま》しいことにのう」

「瘴気の巣に近付く方法はないか？」

「ない。なにしろ瘴気が濃すぎる。いかなおぬしとて、あれが肺に入れば魂まで腐り果てるじゃろう」

『反転《インバート》』は、触れた相手にしか作用しない。広範囲に亘って瘴気を浄化できるスキルがあれば、瘴気の巣を払えるかもしれないが――

ふと顔を上げる。

「そうだ。この前、古代魔術の話を聞いたんだけど、詳細について知らないか？」

「まだ世界が混沌《こんとん》から産まれたばかりの頃――魔もエーテルもひとつだった頃に存在したと言われる、原初の魔術じゃな。すべての魔術の祖と伝えられておるが、なにしろ神《わしら》が生まれる前の話じゃ、詳しくは知らん」

「なによ、役に立たないわねー」

「運命神なんて、所詮は末席じゃし？　世界をひっくり返すような権能とか持っておらんし？　そもそも本体石化されとるしぃ～？」

ビビはぺろりと舌を出しておどけると、アメジストの目を細めた。

「何にせよ、神など役に立たんよ。時代を進めるのは、いつだっておぬしら人の子じゃ」

白銀の魔力が通う手のひらを見つめる。

「俺の魔力のこと、何か知ってるか？　属性とか……」

「おぬしの力は何にも属さん。しいて言うなら無属性といったところかのう」

魔術は自然に存在する元素を媒介にする。属性がないなら、魔術を発動できないのは道理だ。肝心の媒介《属性》を持たないのでは、いくら魔力があっても顕現させる術がない。

強大な魔術もスキルも持たない身が歯がゆくて、目を伏せる。

（……俺に、何もかもを為《な》し得る力があれば……）

思考の底に沈んでいると、ビビが可愛《かわい》い牙を見せて笑った。

「そう焦《あせ》らずとも良い。おぬしの元には、鍵を握る存在や類い希《まれ》なる力が、自然と集まってくる。そういう星の下に生まれておる。今まで通り、出来ることを続けるが良い。そうすればきっと皆が力を貸してくれる――こやつのようにな」

ビビに視線を送られて、アンベルジュが背筋を伸ばした。

「ああ。アンベルジュが俺に力を貸してくれて、本当に助かってる。ありがとう」

目を細めると、アンベルジュは「べ、別にっ？」と真っ赤になって顔を逸《そ》らした。

「まあ、どうしてもお礼がしたいっていうなら、もっと特別な方法で魔力をくれたっていいのよ？　例えば、こうやって――」

柔らかな肢体が猫のようにしなやかに、俺の膝に跨《またが》る。細い腕がするりと首に回ったかと思うと、桜色に艶めく唇が近付き――咄嗟《とっさ》にその口を手のひらで遮った。

アンベルジュが「むぐ」とくぐもった悲鳴を漏らす。

「いいじゃない、キスくらいーっ」

「俺にはちょっと刺激が強いんだ」

それでも不満そうなアンベルジュに苦く笑って、「君があんまり可愛いから」と付け足すと、白い頬がぱっと染まった。

「ふ、ふーん？　ふーん、そう……」

ご満悦で俺をちらちらとうかがっていたかと思うと、そっとしなだれかかる。

細い手が俺の胸を撫《な》でるように這《は》い、恍惚《こうこつ》と艶めいた声が耳をくすぐった。

「ねえ、せっかくなら、キスよりも、もーっと刺激的な方法……試してみる……？」

「こんなちんちくりんじゃ、勇者もそそらんじゃろ」

「だから、あたしの本当の姿はこんなもんじゃないんだってば！　もっとグラマラスでダイナマイトでエレガントな――」

「なーにがエレガントじゃ、魔物さえ喰《く》らう悪食《あくじき》めが」

「だから美食家だって言ってるでしょー!?」

ビビとアンベルジュの賑《にぎ》やかなやりとりに、ふと口を挟む。

「アンベルジュは、魔物の魔力も取り込めるんだな？」

「え？　ま、まあ、その気になればね。あんまり口に合わないケド、魔力は魔力だし」

顎に手を当てて考え込む。

何か、重要な手掛かりになるような――

「――本気なのね？」

真剣な声に目を上げると、オーロラ色の双眸《そうぼう》が強い光を湛《たた》えて、俺を見つめていた。

「……ああ」

強大な魔の前に、俺はあまりにも無力だ。

だが、それでも前へ進まなければならない。もう誰も傷付いて泣かなくていいように。

大切な人を奪われて、ひとりぼっちにならないように。

魔王を斃せば、リゼを蝕《むしば》む呪いのアザも、今度こそ消せるだろう。

それに。

「魔王を倒せば、ビビの石化も解けるんだよな？」

尋ねると、ビビはきょとんを目を丸くし、それから泣きそうな顔で笑った。

「神さえ救おうというのか。おぬしは、本当に……」

アンベルジュが微笑《ほほえ》んで、俺の胸にそっと手を添える。

「忘れないで。あなたは唯一無二の英雄。その心臓は、無限の魔力炉。その魂は無辺の器。あなたの脈が続く限り、私は傍にいるわ。私の特別な、ただ一人の勇者さま」

小さな手に手を重ねて、ありがとう、と呟《つぶや》く。

——遥か北の果て。瘴気の巣で覚醒の刻を待つ魔王に想《おも》いを馳せながら、俺は白銀の魔力が宿る手を固く握り込んだ。

第二章　アザレア部隊を奪還せよ

冷たく乾いた風が身に染《し》みる。

「手応えのあるダンジョンでしたが、魔王への手がかりは得られませんでしたね」

後宮の門をくぐって、リゼが肩を落とした。

他の姫たちも落胆している。

数人のパーティーを組んだ俺たちは、西の国境付近に発生したというダンジョン攻略を終え、長旅から帰ってきたところだった。

今回のダンジョンは急速に成長したとのことで、魔族絡《がら》みかもしれないという噂《うわさ》もあったが、空振りだった。

魔王を倒すと決意を固めたものの、瘴気の巣を払う手立てがないことには肉薄する術がない。今はビビの言う通り、ダンジョン攻略や魔物の制圧を続けつつ、並行して魔族の情報を集め、手がかりを探すのが一番の近道だ。

「王宮からも、何か新しい情報があれば報告してくれる。俺たちは今まで通り、出来ることをひとつずつやっていこう」

「「「はいっ！」」」

俺は、声を弾ませる姫たちに目を細め――立ち止まる。

後宮が慌ただしい。

硬い表情をしたマノンが駆け寄ってきた。

「ロクさま。今、ちょうど使いを送ろうとしたところで」

「何かあったのか？」

「アザレア部隊が消息を絶ちました」

リゼたちが息を呑《の》む。

アザレア部隊はフェリスとサーニャを中心に編制した、機動力と攻撃力に特化した総勢二十人の混成部隊だ。

三日前、旅先で「王都から東のパティルという町の付近に、新たなダンジョンが発生した」と連絡を受け、アザレア部隊に向かってもらったのだ。

「ダンジョン踏破の報告はあったのですが、その後、定時連絡が途絶えました」

アザレア部隊は発足以来、三つのダンジョンを攻略している。実力は折り紙付きだ。ダンジョン踏破後に消息を絶ったのなら何らかの異常事態《トラブル》に巻き込まれたと見た方がいい。

俺は旅から戻ったばかりの神姫《じんき》たちを振り返った。

「ベルとコーデリアは留守を頼む。リゼ、ティティ、戻ったばかりで悪いが、行けるか」

リゼとティティが顔を引き締めて頷《うなず》き、マノンが進み出る。

「私《わたくし》もご一緒いたします」

「助かるよ。出立は半刻後《はんとき》、街道を東に取ってパティルへ向かう——」

「ロクにいさま！」

鈴を転がすような声に振り向く。

シャロットが、今にも泣きそうな顔で立ち尽くしていた。

「シャロも、シャロも連れて行ってください……！」

悲痛な表情に胸が痛む。フェリスたちのことが心配でたまらないのだろう。

震える小さな手を、リゼがそっと握った。

「フェリスさまたちなら、きっと大丈夫よ。いい子だから、お留守番していてね」

「はい……」

「心配だと思うけど、俺たちに任せてくれ。無事に連れて帰るよ」

頭を撫でると、シャロットは目を潤ませながらこくりと頷いた。

半刻後、馬車で王都を出て、最後の報告があった街——パティルへ向かう。

メンバーは俺とリゼ、ティティ、マノンだ。

「転送陣が使えたらひとっ飛びなのですが」

街道を先を見つめながら、リゼがもどかしげに呟く。

御者台のティティも、「転送陣じゃ、生き物は送れないからね」と焦りを滲《にじ》ませながら手綱を握り締めた。

「情報収集をしながら向かおう。大丈夫、みんな無事だよ」

不思議とそんな確信があった。フェリスたちと幾度となく通わせた魔力が物語っている。

そう簡単に無力化されるような神姫たちではない。

と、荷物を確認していたマノンが声を上げた。

「あら？　こんな麻袋、積んだかしら？」

「ん？」と立ち上がって覗《のぞ》き込む。

小さな麻袋がもぞもぞと動き――

「ぷぁっ」

シャロットが顔を出した。

リゼが「シャロット⁉」と目を丸くする。

驚く俺たちを前に、シャロットはしょんぼりと肩を落とした。

「ごめんなさい。どうしても、ご一緒したくて……」

叱られた子犬のような姿に、ふっと頬が緩む。

俺はその頭を撫でた。

「みんなのことが心配だったんだよな」

シャロットは魔族に攫《さら》われ、大切な人たちと何年も引き離されていた。同じ目に遭っているかもしれないフェリスたちを想えば、いてもたってもいられなかったのだろう。

「いいよ、一緒に行こう。初めての遠出だな」

王都や近場の街に連れて行ったことはあるが、外泊は初めてだ。

シャロットは「はいっ」と目を輝かせた。

それにしても、見掛けによらずおてんばだ。

「やっぱり、リゼの妹だな」

小さく笑うと、リゼは「わ、私、麻袋に潜り込んだりしません！」と慌てていた。

街道を東に取って三日後、パティルの街に着いた。

水路の発達した大都市だ。東西を繋《つな》ぐ街道の要衝に位置し、商売で栄えているらしい。

雑然とした賑わいが珍しいのか、シャロットはきょろきょろしている。

聞き込みを開始してすぐ、近辺で冒険者が行方を眩《くら》ませる事件が相次いでいるという噂を耳にした。

「冒険者絡みなら、『大鹿の首《アクリス》』に行くといい。ギルドマスターのダイスは情報通だからな。気に入った相手になら教えてくれるさ」

というわけで、俺たちはパティルの冒険者ギルド――『大鹿の首《アクリス》』の前に立っていた。

「まあ、立派な建物ですねぇ」

重厚な入り口を見上げて、マノンが感嘆の声を上げる。

冒険の拠点となるギルドは主要な街に置かれており、その近辺で活動する冒険者で構成されている。もちろん構成員《ギルドメンバー》以外の出入りも自由で、依頼を受けたり食事を摂《と》ったりでき、宿としての機能も備えているそうだ。

みんな、ギルドに入るのは初めてだ。

近くの金物屋の店主に聞いたところによると、「気のいい奴《やつ》らばかりだよ」ということだが、果たして。

「いくぞ」

リゼたちが緊張した面持ちで頷く。

俺はゆっくりと扉を開き――ぎろりと剣呑《けんのん》な視線が俺たちを出迎えた。

「……なるほど、気のいい奴ら、ね」

焼け付くような殺気を浴びながら中を見渡す。

右側の通路の奥には窓口が並んでいた。掲示板には依頼書が貼り出されている。ここで冒険者登録やステータスの確認、依頼の受注、報酬の受け取りなどを行えるらしい。

「えっ、えっ、なにあの子たち、すっごい可愛《かわい》い！　どこのお姫さま⁉」

「見ろよ、女神みたいな美人ばかり連れてるぜ。あの男、一体何者だ？」

突如として舞い降りた花のような少女たちに、窓口で手続きをしていた冒険者やギルド職員が見惚《みと》れている。

が、今回用があるのはここではない。

左手の酒場に視線を移す。

年季の入ったテーブルには、昼間だというのに酒杯が並び、食べ散らかされた皿が積み上げられている。ずらりと居並ぶのは、見るからに一筋縄ではいかなそうな荒くれ者ばかり。彼らが『大鹿の首《アクリス》』の構成員《メンバー》だろう。

冒険者の情報交換や交流、コネ作りは酒場で行われる。つまり、『大鹿の首《アクリス》』のギルドマスターに会って話を聞くには、彼らと交渉しなくてはならない。

「みんな、ここで待っててくれ」

「いいえ、共に参ります。私たちは、ロクさまの神姫ですもの」

リゼが顔を強《こわ》ばらせつつも果敢に前を見据え、マノンたちも頷く。

俺は酒場《フロア》に足を踏み入れた。

立ちこめる煙草《たばこ》と脂のにおい、強い酒気で胸が焼ける。隅に積まれた壊れた椅子や剝がれかけた床板が、荒事が日常茶飯事であることを物語っていた。

奥にカウンターと厨房《ちゅうぼう》があり、天井は吹き抜けになっていて、二階へと続く階段があった。壁には様々な動物や魔物の剝製《ハンティングトロフィー》が並んでいる。ギルド名の元になったのであろう見事な鹿の首を見上げて、ティティが「わ、すごい！」と押し殺した歓声を上げた。

大柄な男が椅子を鳴らして立ち上がる。

「おう、兄ちゃん。ここは所帯持ちの優男が来るところじゃねぇぜ。ダンスパーティーの会場をお探しならよそを当たりな」

「冒険者が失踪している件について、話を聞きたい。ギルドマスターはいるか？」

「ダイスは二階だ。だが、タダで通すわけにはいかねぇなぁ」

たちまち屈強な男たちに囲まれた。

リゼたちを背後に庇《かば》う俺に、値踏みするような視線が降り注ぐ。

「ダイスに会いたいなら、俺たちと勝負しな」

「勝負？」

「そうさ。五つの勝負に勝ったなら、話を通してやるよ。ただし、上品さとは無縁な無法勝負で良ければな？」

「もし負けたら？」

「言わなくても分かるだろ。身体《からだ》で払ってもらうぜェ」

構成員《ギルドメンバー》たちが野卑な笑みを浮かべ、アルコールのにおいが強く香った。

アザレア部隊を想《おも》えば、情報は一刻も早く摑《つか》みたい……だが、こちらにはシャロットもいる、出直した方が良さそうだ。

そう判断を下そうとした時、リゼが勇ましく胸を張った。

「いいれひょう！　受けて立ちまひゅ！」

「……リゼ、酔ってるか？」

「酔ってまひぇん」

「うん。ええと、誰かリゼにお酒飲ませたか？」

振り返るが、マノンもティティも困ったように首を振る。

どうやらフロアに立ちこめる酒気で酔っ払ったらしい。真紅の瞳は潤み、白い頰がぽわわと上気している。……そういえば、俺の魔力に酔った時もこんな風になってたな。

幸いシャロットは酒に弱い体質ではないらしく、ほろ酔いの姉を心配そうに見ている。

「はっはぁ！　威勢がいいな、嬢ちゃん！」

「そう来なくちゃな！」

ギルドメンバーは机を叩《たた》いて大盛り上がりだ。

「いや、悪いが、この勝負……──」

辞退しようとした俺の腕を、マノンが引いた。

振り返ると、マノンとティティが俺を見つめていた。その瞳には、強い決意と覚悟が浮かんでいて──

「……そうだな」

アザレア部隊が待ってる。

先を急ぐ旅だ、負けたら潔《いさぎよ》く身体で払おう（俺が）。

──それに、ある程度の道筋は視えている。

「分かった、この勝負受けよう。ただし、スキルの使用は禁止にしてくれないか？」

あちらのフィールドである以上、有利なスキルを使われることは避けたい。

男は心得たように「いいぜ？」と口の端をつり上げた。

「ただし、最後の勝負以外はな」

大トリの勝負、どうやら俺が出ることになりそうだ。

娯楽に飢えていたのだろう、酒場は俄《にわか》に活気づいた。俺たちが無様に負ける姿を肴《さかな》に呑《の》もうという腹か、酒を注文する声が行き交う。

髪をトサカのように逆立てた、細身の男が進行する。

「第一戦は目利《めき》き対決だ。お題は交互に指定する、この場にあるものなら何でもいい。スキルの使用は禁止、知識と経験のみで勝負してもらうぜ。ウチからの先鋒《せんぽう》はこいつだ」

進み出たのは、いかにも抜け目なさそうな目をした女性だった。

「あたしは『猿腕のサラジーン』。アイテムや財宝を専門に扱う財宝探索者《トレジャーシーカー》をやってるよ、よろしく」

こちらからは――

「ティティ、頼めるか」

ティティの目に緊張の色が浮かぶ。

彼女は隊商出身だ。加えて最近、身寄りのない子どものために孤児院を創るのだという夢を追いかけて、熱心に商売の勉強しているのを、俺は知っていた。

「ティティなら大丈夫だ。頼りにしてるよ」

強ばる背中に優しく手を当てて魔力を送ると、ティティの顔に決意が漲《みなぎ》った。

よぉーしっ！　と気合いを入れて、キュートに片目を瞑《つぶ》る。

「ティティにお任せっ！」

「問題は全部で五問！　出題はこちらから！　目利き勝負、始め！」

勝負開始と共に、サラジーンは鞘《さや》に納まった刀をテーブルに投げ出した。

「まずは小手調べだ。これが造られた年代を当ててみな。ま、育ちの良《い》いお嬢様には、武器なんて縁がないかもしれないけどね――」

にやりと唇を歪《ゆが》めるサラジーンをよそに、ティティは「おー！」と目を輝かせた。

「いい仕事してますなー！」

「……へ？」

「これは海賊時代全盛期の舶刀《カットラス》だね！　しかも初期の頃の！」

観客《ギャラリー》がざわめき、サラジーンが身を乗り出す。

「わ、分かるのかい⁉」

「もちろん！　鞘に散りばめられた宝石《ドルフィンストーン》と海神の紋様が何よりの証《あかし》！　くぅ～っ、このこだわり抜かれた意匠！　海の荒くれ者が芸術を牽引《けんいん》したなんて、浪漫《ろまん》だよね！」

「そう、そうなのよ！　特に柄《つか》の細工が繊細でどんなに見てても飽きないっていうか！」

「うんうん！　何より鑑賞用じゃなくて実用っていうのがまたいいよね！　こんな状態の

いいもの、なかなか手に入らないよ～！　金貨三十枚はくだらないと見た！」

「あんた見る目があるねぇ！」

　目利き談義に花を咲かせる二人を見て、俺は笑った。

　ティティが育った隊商では、生活必需品から装飾品、書物や武器まで、あらゆる物資を手広く扱っていたという。

　サラジーンは我に返ったのか、椅子にふんぞり返った。

「フン、正解だよ。次はそっちが指定しな」

　俺が目配せすると、マノンが頷《うなず》いた。

「それでは、こちらのネックレスを造った職人の名を当てていただいても？」

　洗練された仕草でネックレスを外し、テーブルの上に置く。

　周囲からどよめきが湧いた。

　素人目《しろうとめ》に見てもとんでもない逸品だ。線の細い控えめな造りでありながら、繊細にカットされた宝石が上品で高貴な輝きを放つ――それどころか、魔力さえ宿っている。

　サラジーンが「こ、これはっ……！」と目を剝《む》く。

「まさか、かの新進気鋭の宝石工、顔のない芸術家『カーバンクル』の新作かいっ⁉」

「ふふ。ご慧眼《けいがん》、恐れ入りました」

「大陸中の王侯貴族が喉から手が出るほど欲しがる代物だよ⁉　ちょ、ちょっと待って、一度でいいから触らせてくれ！」

これで勝敗は一対一。

その後も、互いに一歩も引けを取らない応酬は続いた。

「うーん。この独特の曲線に、滑らかな光沢と肌触り。『タイタンの壺《つぼ》』だね？　昔は高騰したけど、今は値が下がって、銀貨一枚くらいかなぁ？」

「いや待って⁉　これまさか、『竜の鱗《うろこ》』かい⁉　伝説級の超レアアイテムじゃないか、なんでこんなもん持ってんだよ⁉」

「あっ、この石は、二千年前に滅亡したと言われる古代国家、カラフィのルーンストーンだね！　魔導具としても価値が高くて、これひとつで金貨三枚の値が付くよー」

「こ、この絹のように上質な艶、果物を彷彿《ほうふつ》とさせる爽やかな香りっ……高級菓子店レガロのトリュフ⁉　人気すぎて三年待ちだって聞いたんだけど⁉　あんたら何者なの⁉」

目利き勝負の噂《うわさ》を聞きつけたのか、人だかりが増えていく。

四問の間、両者一歩も退かず。

流れが変わったのは、最終問題。

サラジーンが厨房に向かって顎をしゃくる。

「あれを出しな」

ティティの前に恭《うやうや》しく運ばれてきたのは、蒼《あお》い釉薬《うわぐすり》で彩《いろど》られた大皿だった。

それまで打てば響くように応えていたティティが、初めて沈黙した。

皿に描かれた蒼い花をじっと観察して、慎重に口を開く。

「ローデン地方に伝わる伝統的な技巧と、斬新で洗練されたデザイン――旧ディルオール帝国の老舗陶器ブランド、ロザリオの『青い花』シリーズ――」

サラジーンがにやりと口の端を吊《つ》り上げ――

「……の、贋作《がんさく》だね」

「ん、なっ……!?」

ティティは小首を傾《かし》げながら、皿の縁をなぞった。

「造りは精巧だけど、青がちょっとぼやけちゃってる。あと、かいらぎの目がまばらだね。たぶん、焼きの温度が足りなかったんじゃないかな？」

まさか見破られると思っていなかったのだろう、顎を落とすサラジーンに、ティティが片目を瞑る。

「それにコレ、結構使い込まれてるみたいだけど、ロザリオのお皿は馬車が一式揃《そろ》えられるくらいの超高級品。腕自慢が揃う酒場で使うには、ちょっとリスキーすぎるでしょ？」

あまりに軽やかな勝利に、俺は思わず笑った。

ティティは大所帯の隊商で育ったためか、とても目端が利《き》く。目の前の物事に囚《とら》われず、大局を俯瞰《ふかん》し、総合的に判断できる力を持っている。戦場でも後方支援として随分助けられたが、やはりティティに任せて正解だった。

「ロクちゃん」

ティティが俺を見上げる。

こちらからの、最後のお題。

「じゃあ――」

俺はフロアの一角を示した。

「あの、鹿の剥製は？」

「……は？」

壁に掛かった、見事な鹿の首《ハンティングトロフィー》。

ギルドメンバーたちがざわつく。当然だろう、まさかこの酒場にあるもの――しかも、彼らのシンボルともいえる鹿の首を指定してくるとは、誰も思わなかったに違いない。

「あいつ馬鹿か？　なんだって、わざわざ手前《テメエ》らの不利になるもん指定してくるんだ？」

失笑する仲間をよそに、サラジーンはゆっくりと立ち上がった。

ぎらつく目で、鹿の黒々とした目や茶色い毛並みをじっくりと検分する。

「……西のキリル地方の、クマルジカ。大きさから言って、五、六歳の雄」

「どうだ、ティティ」

ティティはあっさりと首を振った。

「鹿じゃないよ。リカーノ」

「へ？」

「リカーノ。北の湿地帯に住む、牛の仲間だよ」

「牛⁉」

衝撃を受ける人々の間を進んで、ティティは剝製の胸元を撫《な》でた。

「首だけじゃ分からないけど、尻尾が長くて、四肢に縞《しま》模様が入ってるの。あと、よく見ると胸元に灰色の筋が三本入ってるのが特徴だよ」

胸の毛をかき分けて、ギルドメンバーが「ほ、本当だ」と声を上げる。

ティティは黒いガラスの目を見上げながら、艶《つや》やかな毛並みを撫でた。

「間違うのも無理ないよ。首から上はそっくりだもん。本当は青くて綺麗《きれい》な目をしてるんだけど、きっと、剝製にされる過程で取り違えられちゃったんだね」

サラジーンは声を失い――がっくりと椅子に身を預けた。

「っふ、ふふ……まさか、『大鹿の首《アクリス》』の象徴《シンボル》が鹿じゃなかったなんてね……そんなのアリかい？　ああ、あたしの負けだ。完敗だよ」

「いい勝負だったね！　楽しかったよ、ありがと！」

ティティが笑顔で手を差し出し、サラジーンも笑ってその手を握った。

観客から口笛と賞賛が巻き起こる。

「ティティしゃま、ナイス・キルれひゅ～！」

「殺してないけどね！」

華麗に凱旋《がいせん》したティティと、軽やかなハイタッチ。

「お手柄だ、ティティ。よくやってくれた、ありがとう」

「こっちこそ、信じてくれてありがとっ！」

ティティは弾《はじ》けるような笑顔を咲かせ、ふと不思議そうに俺を見上げた。

「でも、ロクちゃん、なんでティティがリカーノを知ってるって分かったの？」

「あの剝製を見た時、ティティが嬉《うれ》しそうだったから。ただの鹿じゃないのかなって」

ティティはちょっと驚き、それから嬉しそうにはにかんだ。

「ロクちゃんってば、ティティのことよく観《み》てるね」

細い指が、俺の袖を引っ張る。

「ね。ご褒美《ほうび》ほしいな？」

「ん。よく頑張ったな。ティティがいてくれて良かった」

頭をぽんぽんと撫でると、ティティは幸せそうに笑ってぎゅっと抱き付いてきた。

「さあ、次の勝負は閃光《ライトニング》チェスだ」

進み出たのは、青黒い顔をしたトカゲのような小男だった。

「『青鱗のザディ』だ。以後、お見知りおきを」

「では、僭越《せんえつ》ながら私、マノンがお相手いたしましょう」

マノンはチェスの名手だ、彼女以上の適任はいないだろう。

「閃光チェスってのは、要は早指しだ。持ち時間は一分。一手につき十秒まで。ただし」

にやにやと笑みを浮かべたザディがルールを説明しながら、テーブルに駒を並べる。

定石通り、白と黒のガラス製の駒――いや。

ザディは酒瓶を手に取ると、駒に注ぎ始めた。

「こいつはショットグラスになっててな。勝負前に干した分だけ、駒を使える。強い駒ほど酒の度数も高い。無理して飲む必要はないが、当然『駒落ち』で戦うことになる」

まあ、と口を押さえるマノンに、ザディは尖《とが》った歯を剝き出して笑う。

「それだけじゃないぜ。ゲーム中ももちろん、相手の駒を取る度に飲んでもらう。大蛇殺し《*》と呼ばれるとびきり強い火酒だ、うっかり昇天しないように気を付けな」

ティティが「なにそれ、おかしいよ！」と頬を膨らませる。

いくらチェスに強くても、それだけ酒が入れば当然思考力は落ちる。まさに酔狂、正気の沙汰ではない。

「マノン、俺が代わるよ」

俺もそう酒に強くはないし、チェスに詳しいわけでもないが、チェスとは名ばかりのこんなクレイジーなゲームに大事なマノンを預けるわけにはいかない。

しかしマノンは小首を傾げて微笑《ほほえ》んだ。

「お酒を楽しく戴《いただ》くのも、淑女の嗜《たしな》みですから」

「いや、これはちょっと嗜みっていうレベルを超えて――」

制止するより早く、ザディが自分の駒へ手を伸ばす。

「まずは歩兵からだ」

「マノン、捨てるならここだ」

慌てて声を掛ける。最低でもキングとクイーン、ルークは押さえておきたい。もちろんマノンなら心得ているとは思うが――

しかしマノンは、迷いのない手で歩兵を手に取った。

「ちょ……」

グラスに口を付け、世界一優雅なボトムズアップ。空になったグラスが、コンッ！　とボードに置かれる。

観客たちが唖然《あぜん》としている間に、マノンは次々とグラスを干し、やがて白の歩兵が美しく整列した。

「マジか……」

戦《おのの》く観客たちなど意に介さず、にっこりと微笑む。

「さあ、どんどん参りましょう」

呆気《あっけ》に取《と》られていたザディが、はっと我に返って慌てて歩兵を飲み干す。

「ふ、ふん、見かけによらず骨があるみたいだなァ。だが最初から飛ばすと、大事な駒が取れなくなるぜェ。さあ、次はビショップだ」

くいっ。コンッ！　くいっ。コンッ！

「ナ、ナイト」

くいっ。コンッ！　くいっ。コンッ！

「……ルーク」

くいっ。コンッ！　くいっ。コンッ！

「クイーン……っ！」

くいーっ。コンッ！

「キングっ！」

くいーっ！　コンッ！

そして、フルセットの駒が向かい合った。

誰かの喉がごくりと鳴る。

「この女、どうかしてやがる……」

「フルセットの勝負なんて初めてだぞ……」

この時点でほとんどの相手が脱落するのだろう。トカゲ男《ザディ》の愕然《がくぜん》とした表情がそれを物語っている。

「い、いや、これだけ呑《の》んで正気を保っていられるわけがねェ、後から利《き》いてくるはずだ……へ、へへ……」

「ま、マノン、大丈夫か……？」

マノンは艶やかに濡《ぬ》れた唇を優雅に拭って、にこりと微笑んだ。

「ええ、何の問題もございません。さあ、私たちのゲームを始めましょう」

そして、閃光チェスの幕が切って落とされる。

持ち時間わずか一分の早指し。

荒くれ者たちがひしめく酒場に、駒が盤を叩《たた》く音が軽快に響く。

マノンは軽やかに駒を進めていた。新たに注がれた酒からは、嗅いだだけで酔いそうな酒香が立ち上っている。相当強いもののようだが、マノンの攻めには全く迷いがない。相手の駒を奪っては次々にグラスを干す。

駒を奪うごとに、その手は鈍るどころかますます冴《さ》えていった。

「う、ぐぐ……っ！」

対してザディの手は止まりがちだ。

この勝負、端《はな》から相手を酒で潰すのが主眼で、ゲームの内容にはそれほど重きが置かれていない。つまり、超一流のチェスの腕を持ち、かつ大蟒蛇《おおうわばみ》のマノンがフルセットで立ちはだかった時点で、勝負は既についていた。

「ぐうう～っ……！」

赤ら顔で呻《うめ》くザディに、マノンが微笑む。

「あらあら、駒が止まって見えましてよ？」

そして、チェックメイト。

「うぐ……ま、負けた……」

ザディが目を回しながら突っ伏す。

圧勝、だった。

うおおおおお！　と蜂の巣のような歓声《コール》が巻き起こる。

「姐《ねえ》さんすげぇや！」「マノン姐さん！」

「あらあら、姐さんだなんて。どうぞ、お姉さまとお呼び下さいな？」

「お姉さま！」「うおおお、マノンお姉さまぁぁぁ！」

「マノンひゃま～！　かっこいいれひゅ～！」

ヘドバンしようとするリゼをティィと二人がかりで押さえていると、マノンがふわふわした足取りで帰ってきた。

「ありがとうマノン、いい呑みっぷりだった。体調は大丈夫か？」

「はい、ありがとうございます。……あの、ロクさま」

マノンは頬を染めて、俺を上目に見上げた。

「私にも、ご褒美、くださいますか？　なんて……――」

言い切るより早く、すみれ色の髪を、ぽん、と撫でる。

「ありがとう、よく頑張ってくれたな。やっぱり頼りになるよ、俺たちの自慢だ」

マノンは驚いたように目を見開いていたが、その顔が真っ赤に染まった。

「〜〜〜っ！」

「ど、どうした？　急に酔いが回ったかな、水飲むか？」

「い、いえ、大丈夫です、ので……見ないでくださいませ……〜っ」

まるで花びらが舞っているようなほわほわした空気に、「おいおい、なにマノンお姉さまとイチャついてやがんだァ」と羨望《せんぼう》のまなざしが刺さる。

その時、真剣な顔で勝負を見守っていたシャロットが、しゅぴっと手を挙げた。

「ロクにいさま！　シャロもお役にたちたいです！」

「ありがとう、でも、次の勝負の内容を見てから――」

「さァて、俺の相手は誰かなァ？」

バキバキと指を鳴らしながら進み出たのは、巌《いわ》のような大男だった。

凶悪なほど盛り上がった胸筋に、丸太のような腕。はち切れそうに鍛えられた腿《もも》。

これだけのガタイの男を出してくるということは、次の勝負は力比べか、拳闘か。

「シャロット、座っててくれ。ここは俺が――」

「次の勝負はなんと！　飴《あめ》の摑《つか》み取りだぁぁあッ！」

「シャロット、行こうか」

「はいっ！」

「くくく、泣いても知らねぇぜ、嬢ちゃん」

天を突くような大男と、可憐《かれん》な花が向かい合う。

司会のトサカ男が、穴の空いた木箱をシャロットに差し出した。

「この穴に手を入れるんだよ。飴をたくさん取った方が勝ちだからね。分かったかな？」

「はいっ！　シャロ、がんばります！」

念のため、トサカ男や木箱の魔力を視《み》てみたが、特に細工などはされていなさそうだ。

「あれって、手が小さい方が有利なんだよな」

「ねー。あの箱、わざわざ作ってくれたのかな？　優しいねぇ」

「がんばるのれひゅよ、シャロット！　ひっく！」

シャロットはあどけない顔に緊張と使命感を漲《みなぎ》らせ、穴に手を入れた。そして。

「えいっ！」

勢いよく掲げられた拳には、飴がめいっぱい握られていた。

観客が「おおーっ！」とどよめく。

拍手喝采の中、シャロットは目をきらきらさせながら駆け寄ってきた。

「ロクにいさまぁ！　こんなにたくさん取れましたぁ！」

「よかったなぁ」

酒場《フロア》にほっこりした空気が流れる。

対する大男は、大きな手に飴を二つ乗せてうずくまっていた。

「くそおお、負けたぁあああッ！　俺の手がデカいばかりにぃぃぃッ！」

迫真の慟哭《どうこく》を上げる男の手に、シャロットが「元気をだしてください」と気遣わしげに飴を載《の》せてあげている。

お裾分けされた飴を舐《な》めながら、トサカ男が舌なめずりした。

「ひひひひ。さあ、四戦目だ。次の勝負はひと味違うぜ。そっちからは誰が出る？」

「わらひらいりまひゅ！」

「なんて？」

リゼはキッと首を擡《もた》げ、長い髪を颯爽《さっそう》と払う。

「手加減は一切いたしましぇん。ご容赦を」

「リゼ、そっちじゃないよ」

鹿の剥製にメンチを切っているリゼをそっと向き直させるが、リゼは敵そっちのけで「はわぁ、ロクひゃまかっこいい……」と俺の横顔を凝視していた。

「くくく、聞いて戦《おのの》け。次の勝負はなんと――叩いて被《かぶ》ってじゃんけんぽんだ！」

この世界にもあるのか、そのゲーム。

トサカ男が「ただし」と、鋭い槍《やり》と重厚な盾を掲げてほくそ笑む。

「この最強の矛と、最強の盾でやってもらうがなァ?」

危ないが過ぎる。本当に誰が考えてるんだ、この勝負。

「ようやくオレの出番だな。女だからって容赦はしねぇぜ」

人垣を割って、長身の男が現れた。無駄のない身のこなしや引き締まった身体《からだ》つきから、相当な使い手であることが知れる。

「双方には、この林檎《りんご》を模したガラスの飾りを頭に着けてもらう。じゃんけんをして、勝った方が槍を、負けた方は盾を使える。相手の飾りを割ったら勝ちだ」

「リゼ、危なすぎる。ここは俺に任せて——」

振り向くと、リゼは頭に林檎の的を載せてスタンバイしていた。

「ロクさま、リゼの勇姿、しかとご覧くらひゃい! ロクさまの信頼に、必ずや勝利で報いてみせまひゅ!」

「ちょちょちょちょちょちょ……!」

止める暇もあらばこそ。

リゼと男が、槍と盾を置いたテーブルを挟んで睨《にら》み合った。

「行くぞ! じゃん・けん——!」

観客の大合唱に合わせて、二人の手が振り下ろされる。

パーを出したリゼに対して、男はチョキ。

「悪いな、嬢ちゃん！」

唸《うな》りを上げる槍が、リゼの頭上目がけて突き出される。

しかし。

「盾はこう使うのれす」

リゼは細い手で盾を取るが早いか、大きく振りかぶった。

「えいっ」

風を巻いた盾が、真正面から叩き付けられ——槍がばかりと縦に裂けた。

ついでに凄《すさ》まじい風圧で、男の林檎がパァン！　と弾《はじ》ける。

「……——」

誰もが心の中で「えええええー……？」と絶句する中、リゼはふーっと細い息を吐いた。

「盾が先手を打って仕掛けてはいけないと、誰が決めたのれひゅか？」

据わった目で啖呵《たんか》を切ったかと思うと、赤く染まった頬を恥ずかしそうに押さえる。

「攻めの防御こそ、最大の攻撃。常識にとらわれにゃい、攻守兼ね備えた柔軟性こそがリゼの魅力らと、ロクさまが褒めてくらひゃいましたぁ」

「……負け、た……」

頭に林檎の欠片《かけら》を載せた男ががっくりと膝を突く。

リゼは喜び勇んで俺の首に抱きついた。

「ロクさま、やりましたぁ！　褒めてくらひゃい！」

「うん、よく頑張った、いい子だ。本当にすごいよ、リゼは」

リゼは俺の首筋に顔を埋《うず》めて、「えへへ、ロクさまのにおい～」とご機嫌だ。

これでこちらの四勝。

いよいよラストの真打ち勝負、これが本命だろう。

「さあ、最後《大トリ》を飾るのは、ルール無用の素手喧嘩《ステゴロ》だ！　スキルも解禁、あらゆる手を使ってぶちのめせ！」

観客はますます増え、期待と興奮の籠もったまなざしが突き刺さる。

床を軋《きし》ませながら進み出たのは、盛り上がった筋肉に蛇の刺青《タトゥー》を施した、いかにも手練《てだ》れの男だった。

「この『弩《いしゅみ》のルディウス』が相手だ。来いよ、大将。その腑《ふ》抜けた顔面に、漢《おとこ》ってヤツを教えてやる」

短く刈り込んだ髪に、ぎらぎらと獰猛《どうもう》に光る双眸《そうぼう》。

俺も小柄な方ではないが、上背は俺より頭ひとつ分高く、胸の厚みも腕の太さも段違いだ。頬から顎にかけて走る向こう傷が、迫力に拍車を掛けている。

「ククッ、ここから先は手加減なしだ。その貧弱な身体、どこまで保つかなァ？」

「貧弱ではありません！　ロクさまは脱いだらしゅごいのれひゅ！　ひっく！」

「リゼ、ステイだ」

俺はマノンに剣を預けると彼女たちを下がらせ、男――ルディウスと対峙《たいじ》した。

ルディウスがぐっと拳に力を込めた。視ると、上腕に魔力が集中している。膂力《りょりょく》強化系のスキルを発動しているらしい。

軽く拳を構えた時、ギャラリーの一角から粘っこい声が上がった。

「ルディウス、気をつけろよ。そいつ、何のスキルもないぞ」

ああ？　と片眉を上げるルディウスに、前歯の欠けた小男がにやにやと笑いかける。

「そいつのスキルはたったひとつ。『魔力錬成』だけだ」

どうやらステータス解析系のスキル――『看破《ディテクト》』持ちらしい。

「は？　魔力錬成って、あの魔力錬成か？」

「誰でもできる、基本中の基本だろ？　スキルですらねぇぞ」

ざわつくメンバーたちに、小男が口の端をつり上げる。

「だからさァ。うっかり殺さないように気をつけろよ？」

ルディウスがぶはっと噴き出したのを皮切りに、爆笑の渦が巻き起こった。

「おいおい、マジかよ優男！　そのナリでスキルもなしにどうやって勝つつもりだ⁉」

「オンナの前だからってイキってっと地獄を見るぜ、魔力錬成しかねぇ無能がよォ！」

「やっちまえ、ルディウス！　『大鹿の首《アクリス》』の実力、見せつけてやれ！」

酒場《フロア》のボルテージは最高潮。興奮の渦のただ中で、幕が上がる。

「それでは最終勝負、始め！」

戦いの火蓋が切って落とされるや、ルディウスは拳を引いて大きく踏み込んだ。

「歯を食い縛りな、色男！　その綺麗《きれい》なカオ、二目と見られねぇ男前にしてやるぜェ！」

唸りを上げる大振りの一撃を、俺はバックステップで躱《かわ》し――ルディウスが俺の顔面目がけて椅子を蹴り上げた。

「ッ！」

「ハッハァ！　言っただろ、何でもありの無法勝負だ！」

椅子を叩《たた》き落とした時には、視界の左端に豪腕が迫っていた。

「お前を叩きのめして、あの嬢ちゃんたちとたっぷり楽しませてもらうぜぇ！」

腕に魔力を流し込み、重さの乗った右拳を受ける。

凄まじい衝撃に骨が軋み、肺から空気が押し出された。

「あ、あいつ、ルディウスの初撃《パンチ》を止めたぞ！」

「嘘《うそ》だろ⁉」

拳から、びりびりと痺《しび》れるほどの魔力が伝わってくる。

なるほど、やはり膂力強化系か。

俺は衝撃と一緒に流れ込んでくる魔力を模倣《トレース》し——

「やるじゃねェか、色男！」

ルディウスがボディを狙って左拳を繰り出す。

跳び退《しさ》って躱せば、ルディウスはさらに追撃しようと大きく踏み込んだ。

「——ふッ！」

その瞬間を狙って、剝がれかけていた床板を思いっきり踏みつける。

勢いよく跳ね上がった床材が、ルディウスの顎を強打した。

「あ、が……⁉」

ルディウスが白目を剝《む》いて仰《の》け反《ぞ》る。

俺は模倣《トレース》したばかりの膂力強化スキルを腕に乗せて、その横《よこ》っ面《つら》を渾身《こんしん》の力で殴り飛ばした。

「ぐぶっ⁉」

ルディウスが濁った悲鳴を上げながら派手にテーブルに突っ込み、それきり沈黙する。

「お……」

絶句する観客。

俺は痺れる拳を振って、ふーっと細く息を押し出した。

「何でもありの無法勝負、だろ？」

「お、お……」

「さすがロクちゃん！　これで勝負ついたね！」

ティティたちが歓声を上げる。

しかし。

俺を見つめる観客《猛者》たちの目に浮かぶ、好奇心、渇望《かつぼう》、期待、高揚、熱気――燻《くすぶ》る炎を煽《あお》るように、俺は声の限りに吼《ほ》えた。

「全員まとめて掛かってこい！」

「ろ、ロクちゃ――――ん⁉」

「「うおおおおおおおお！」」

歓喜と狂喜が爆発して、あっという間に大乱闘になった。

飛び交う歓声に怒号、雄叫《おたけ》び。交錯する拳と拳、乱舞する皿や椅子。冒険者たちはスキルを駆使してテーブルを飛び越え壁を駆け上がり、恐ろしく威力の乗った蹴りや殴打《おうだ》が四方から炸裂《さくれつ》する。

まさにルール無用の殴り合い。

俺は襲い来る冒険者たちを右左に捌《さば》きながら、ついでに片っ端からスキルを模倣《トレース》した。

(『二刀流《デュアル・ウィルダー》』か、これは使えそうだ。こっちは言葉で相手の動きを制限する『言霊《オーダー》』か、さっきトレースした『制限解除《アンロック》』で無効化できるな——ん？　『強脚《アクセル・ギア》』って、機動力を上げるスキル……ああ、蹴りの威力を上げるために使ってるのか。勉強になるな)

翻弄されるばかりのギルドメンバーたちに、部外者の野次《やじ》が飛ぶ。

「おいおいどうした、大鹿《アクリス》！　相手は『魔力錬成』しかねぇ、なよい男一人だぞ！」

「い、いや、こいつ『威圧《スタン》』が効かなッ——違《ちげ》ぇ、掛かる端から全部解除してやがる！」

「俺の『隷属《スレーブ》』もだ！　強化系のスキルも通じねぇっ、同じスキルで返される！　どういうことだ、話が違——あがっ⁉」

「さっきから一発も入ってねぇぞ！　この人数相手に、化け物かよ⁉」

熱狂と喚声が渦巻き、酒場の床に敗北者たちの山が堆《うずたか》く築かれていく。

さすがに腕が疲れ始めた頃——

「そこまで」

二階から重々しい声が響いた。

野次と喧噪《けんそう》が嘘のようにぴたりと収まる。

見上げると、左眼《ひだりめ》に眼帯をした武骨な男が、階段の上に立っていた。

「実力は見せてもらった。上がって来い」

それきり二階へ消える。

俺は、顎を押さえて座り込んでいるルディウスに手を差し出して、引っ張り起こした。

「悪かった、派手にやりすぎた」

「ああ、貧弱ってのは取り消すよ。いいパンチだったぜ、色男」

笑って拳を合わせる。

万雷の拍手と賞賛を浴びながら戻ると、ティティたちが笑顔で迎えてくれた。

「すごいよ、ロクちゃん！　今まで魔物と戦ってるところしか見たコトなかったけど、人間相手でもこんな強かったんだね⁉」

「華麗な大立ち回り、後宮のみなさまにも見せて差し上げたかったですねぇ」

「ロクにいさま、とってもかっこよかったです！」

「ありがとう。さあ、行こう」

「いやれす！　ロクさま、いかないで！　リゼからはなれないれくらさい〜！」

茹《ゆ》ですぎたパスタのようにくにゃくにゃになってしまっているリゼを抱き上げる。

冒険者たちが、晴れやかな顔で送り出してくれた。

「ぶははは！　こんなコテンパンにやられたのは初めてだ！　化け物だな、兄ちゃん！」

「楽しかったぜ！　いい旅を！」

「ありがとう、騒がせて悪かった」

「いいや、ちょうど荒事に飢えてたところだ、ひと暴れしてスッキリしたぜ。近くに来ることがあったらまた寄りな。はちみつ酒を驕《おご》ってやるよ」

背中をばんばんと叩かれながら笑う。

階段を上がる途中で、マノンが振り向いた。

極上の微笑《ほほえ》みを湛《たた》えて、世界一優雅なカーテシー。

「それではみなさま、ごきげんよう」

「「「ごきげんよ〜！」」」

荒くれ者たちの晴れ晴れとした合唱が、酒場に響いた。

二階の奥まった部屋。

向かいのソファに腰掛けると、ダイスは深灰色《ダークグレー》の隻眼で俺たちを見つめた。

「『大鹿《アクリス》の首』へようこそ。ギルドマスターのダイスだ」

「初めまして。ロクです」

ダイスは引き締まった体躯《たいく》をした壮年の男だった。左眼には眼帯が巻かれ、どうやら左腕と左脚も義肢だ。

ソファに座ったダイスの左右には、双子らしき若い男女が控えている。

「手荒い歓迎で悪かったな。根はいい奴《やつ》らなんだが、血の気が多くてな」

「いいえ、色々と配慮してもらって」

ギルドに入って魔力を視《み》た時点で、気のいい奴らだというのは分かっていた。あの五番勝負の本質は勝敗ではなく、勝負を通してダイスに『気に入られる』ことにあった。だからこそリスクを背負って勝負を受けたのだが、想像以上に打ち解けてくれた。

「恐れ入ったよ。最後の勝負、普通にルディウスを負かしただけじゃ収まらなかった」

ダイスは薄い唇を歪《ゆが》めて笑った。

「あんたは不意打ちの一手で、ルール無用っていうオレたちの土俵に上がり、かつルディウスの面目を保ちながら完封。わざとギルドメンバーの闘争欲を掻《か》き立てて一手に引き付け、嬢ちゃんたちに飛び火するのを防いだ。なかなかどうして、肝の据わった男だよ」

ティティが「そういうことかぁ！」と手を打つ。

「ロクちゃんならもっとスマートに決着を付けられるのにな一って、不思議だったんだ」

「みんな、うずうずしてたからな」

ティティたちの華麗な連勝で、俺《大将》への期待値が跳ね上がり、誰もが『さあ、お前は何をしてくれるんだ？』とわくわくしていた。

あそこまで期待を煽った以上、彼らが望む殴り合いで応えるのが俺の見せられる最大の誠意だったし、おかげで体術やスキルの使い方もとても勉強になった。

俺の膝に乗ったリゼが、ほうと頬を押さえる。

「屈強な殿方を次々返り討ちになさるロクさま、怒れる狼《おおかみ》のように猛々《たけだけ》しくて……」

「ごめん、怖かったよな――」

「こうふんしました」

「……そう、か」

時々、リゼの感性《ツボ》が分からなくなる。

「どうやら、ただの伊達《だて》男ってわけじゃなさそうだ。それで？　俺に用ってのは？」

紅茶を出してくれた付き人に礼を言って、本題に入る。

「冒険者の失踪が相次いでいる件について、何か知りませんか」

ダイスは思慮深い目で、俺の顔を眺めた。

「失踪したのは、あんたらのお仲間か？」

「はい。ダンジョン攻略後、消息を絶ちました。彼女たちの実力からいって、魔物に無力化されたとは考えづらい。魔族が絡《から》んでいるのか、あるいは何か他の――」

ダイスは顎を撫《な》でながら唸《うな》った。

「確かにここのところ、魔族どもが不穏な動きを見せて、大陸各地でダンジョンが急速に進化している。だが、あんたの仲間が巻き込まれた事件は、おそらく人災だ」

「人災？」

「彼女たち、と言ったな。どんな女だい？」

フェリスたちの似顔絵を見せると、ダイスは口笛を吹いた。

「こりゃまた別嬪《べっぴん》だ。この器量なら十中八九、コ、ロ、シ、ア、ムの賞品《トロフィー》にされてる」

「コロシアム？」

ダイスは葉巻に火を着けようとして、ちょこんとかしこまって座っているシャロットに気付き、懐《ふところ》に仕舞った。

「ここ数ヶ月、裏社会で秘密裏に賭博《とばく》闘技が開催されてる。名うての冒険者が拉致されては、剣奴として死闘を強いられたり、賞品にされてるって噂《うわさ》だ」

「！」

「次のコロシアムの賞品、どえらい上玉ばかり十人近く用意されてるらしいと風の噂に聞いたから、まず間違いないだろう」

「そんな……」と強《こわ》ばった顔で呟《つぶや》くマノンを、ダイスがちらりと見遣《みや》った。

「ま、お仲間の安否については、そう心配することはねぇ。価値が下がれば賞品として成立しねえからな。無碍《むげ》には扱わないだろう」

マノンたちと顔を見合わせて頷《うなず》く。

「コロシアムに出場するには、どうすれば？」

「まずは、あんたらを出場者《剣奴》として雇うスポンサーを探さなきゃならねぇ。スポンサーについては、オレに当てがある。教えてやってもいいが、条件がある」

俺が目線で促すと、ダイスは身を乗り出した。

「コロシアムを解体してくれ。うちの構成員《メンバー》も何人か巻き込まれてるんでな。どうやらコロシアムの剣奴として攫《さら》われたらしいというところまでは掴《つか》んだんだが、最後の一手が打てずに手を拱《こまぬ》いていたところだ。あんたらがコロシアムをぶっ潰して、オレたちの仲間も取り返してくれるなら、願ったり叶《かな》ったりだ」

「もちろん、最初からそのつもりです」

俺が迷いなく頷くと、ダイスは「そう来なくちゃな」と隻眼を目を細めた。

「ここから半日ほど西に行った芸術の都――セカンドフィールの美術館で、謎のサロンが不定期に開催されてる。オーナーは正体不明の好事家《こうずか》。オーナーに気に入られれば、どんな願いでも叶えてくれるそうだ。次のサロンの開催は明日の夜。あんたらついてるぜ」

「ありがとうございます。この出会いに感謝を」

俺が手を差し出すと、ダイスも硬く手を握り返した。

「それにしても、連れの嬢ちゃんたちのオーラといい、あの出鱈目《でたらめ》な強さといい……あんた一体、何者なんだ？」

俺が答えるより早く、マノンとティティが笑顔で俺に寄り添った。

「世界を救う勇者さまです」

親愛と喜びに満ちた声に、ダイスが目を剝く《む》。

「そうすると、連れの嬢ちゃんたちは噂の後宮部隊か。どうりで……」

誇らしげなマノンたちを見つめて、ダイスはふっと笑った。

「異世界から勇者が降臨して魔王を斃《たお》すなんて、ただのおとぎ話だと思ってたが……なるほど、勇者ってのはずいぶん優しい目をしてやがるもんだ。真の英雄ってのは、一人で何もかも成し遂げるような超人じゃなくて、あんたみたいな男のことを言うのかもな」

次の目的が決まった。

コロシアムに出場してアザレア部隊を取り戻し、賭博闘技を解体する。

そのためにまずは、闇サロンでオーナーに接触し、スポンサーを獲得する。

俺はダイスに礼を言い、真剣な目で切り出した。

「最後にひとつ、お願いがあります」

「何だ。オレに出来ることなら何でも協力するぜ」

「今晩、部屋を貸してくれませんか？」

安堵《あんど》したことで泣き上戸スイッチが入ったのか、俺にしがみついて「アザレア《あじゃれあ》部隊のみなひゃま、まってぇてくらひゃいねぇぇ～」とべそをかくリゼを抱きかかえながら、俺は徹夜の介抱を覚悟しつつ問うたのだった。

次の日の夜。

俺たちは芸術の都セカンドフィールにある美術館を訪れていた。

月を背負うように建つ壮麗な建物を見上げながら、ダイスの言葉を思い出す。

「オーナーに謁見する権利を手に入れる条件は二つ。サロン参加者に紛れているオーナーの正体を暴《あば》くこと。もしくはその夜、ホールで最も注目されること」

俺たちは顔を見合わせて頷いた。

「こんばんは。『月夜の花鏡』の展示は、もう終わってしまいましたか？」

ダイスに教えてもらった通り、シャロットが緊張した面持ちで警備兵に合い言葉を投げかけると、閉館した美術館の裏口を通り、一枚の巨大な絵の前に案内された。

絵画が裏返り、秘密の通路が現れる。

薄暗い廊下を歩きながら、マノンたちに目配せし、仮面《ドミノ》を着けた。

これから参加する闇サロンには、いくつかのルールがある。

ひとつ、参加者の身分や素性に触れることはタブー。ふたつ、諍《いさか》い、乱闘の類いは厳禁。武器を使ったり、揉《も》め事《ごと》を起こせば、即座に摘まみ出される。

「オーナーの情報は一切不明、サロンの参加者は百人以上に上るという。オーナーを見破るのはまず不可能と言っていい。となると、ホールの注目を集めなきゃならんが、何しろ欲にまみれた連中がわんさと集まってる。よほど珍奇な余興か、誰も見たことがないようなあっと驚く出し物じゃなきゃ見向きもされねぇ。何にせよ、莫大《ばくだい》な金を掛けて闇サロンなんぞ開催するようなイカレたオーナーだ、下手を打てば生皮を剝がれる覚悟で行け」

ダイスの助言を思い出しつつ、胸元をそっと押さえる。余興なんて、飲み会のために覚えた手品くらいしか手持ちがない。一応仕込んできたが、役に立つかどうか。

「リゼ、名誉を挽回《ばんかい》いたします……！」

隣を歩くリゼの横顔には、並々ならぬ決意が満ちている。

酒場で酔ったことを恥じているらしい。

「リゼ。昨日のことなら、気にしなくていいよ。リゼのせいじゃないし、お酒でふらふらだったのに、ちゃんと勝ってくれてすごいなって思ったし……」

リゼは一瞬嬉《うれ》しそうに俺を見上げて、即座にぶんぶんと首を振った。

「い、いいえ！　ロクさまにご迷惑をお掛けするなど、神姫《じんき》としてダメダメです！」

「気持ちはすごく嬉しいけど、そういうところも全部含めて、可愛《かわい》いと思ってるよ」

ほぁ⁉　と真っ赤になって硬直するリゼに、シャロットとティティも同意する。

「ほわほわで甘えっ子なねえさま、初めてみました！　とってもかわいかったです！」

「うんうん、一晩中ロクちゃんに抱き付いてちゅっちゅ、ちゅっちゅしてたね～！」

「ほあああ～⁉　ティティティティティさまっ、それ本当でひゅか……⁉」

「さあ、着いたようですよ」

マノンの声に顔を上げる。

真紅の絨毯《じゅうたん》が敷きつめられた廊下の突き当たり。

両開きの重厚な扉が、俺たちを待ち受けていた。

「行くぞ」

仮面を着けたリゼたちが頷く。

取っ手に手を掛けると、慎重に押し開け――広がった光景に、リゼが呆然《ぼうぜん》と呟いた。

「これは……」

脳をかき回すような音と光が、五感になだれ込む。

そこは巨大なホールだった。

仮面を着け、思い思いに着飾った人々がワイングラスを片手に談笑し、楽団らしき参加者たちが勇ましい音楽を奏《かな》でている。

玉乗りしているピエロを見て、シャロットが歓声を上げた。

「すごい、まるでサーカスみたいです！」

ひどく野放図で支離滅裂な余興の集合体だった。

奥に設置されたステージでは、軽業師が見事な綱渡りを披露し、別の舞台上では大げさな身振りの役者たちが古典劇を繰り広げていた。フロアの端では大道芸人が火を吹き、派手な仮装をした人々が鳴り物を鳴らしながら練り歩く。ホールの中央では見目《みめ》麗《うるわ》しい男女が世にも美しいワルツを踊り、別の場所では絵描きが巨大な画布に絵の具を叩《たた》き付ける。

壁際《かべぎわ》にはビュッフェ形式の豪華な料理が並んでいて、色とりどりのグラスを盆《トレイ》に載せたウェーターが、客の間を忙しそうに行ったり来たりしていた。

「ロクちゃん、これ、無理じゃないっ？」

狂騒に負けじと、ティティが声を張り上げる。

どうにかして注目を集めようと息巻く人々が、互いに参加者になり、観客になりしながら、どこにいるかも分からないオーナーへ渾身《こんしん》のアピールを繰り広げている。

まさに享楽と狂騒の宴《うたげ》。どんなに声を張り上げて叫んだところで、あるいは麗《うるわ》しく踊ったところで、この狂おしい喧噪《けんそう》の中ではたちまち掻《か》き消されてしまうだろう。

マノンが楽しげに俺を見上げる。

「ロクさまのことです、何かお考えが？」

俺は「そうだな」と仮面を押し上げた。

目を凝らし、ホールにいる参加者《ドミノ》一人一人に視線を這《は》わせる。

ふと、舞台《ステージ》を見上げている客に目が留まった。

オリーブ色のドレスを纏《まと》い、車いすに座った、上品な老婦人の姿。

「彼女だ」

「え？　ロクさま――」

戸惑うリゼたちにここに居るよう告げて、迷いなく歩き出す。

老婦人がこちらに気付いた。仮面の奥のしわ深い目が、静かに俺を見つめる。

俺は黙って彼女の前に立つと、右手を懐《ふところ》に差し入れ――

ガチャガチャと、冷たく、重たく、物々しい音は一瞬。

壁際に、舞台上に、柱の陰に。

参加者に紛れていた護衛たちが、袖や杖《つえ》に仕込んでいた武器を一斉に俺へ向けていた。

近くにいた女性客が悲鳴を上げる。それを皮切りに、他の客たちが慌てて後ずさり、グラスの割れる音が響いた。

狂乱の宴にぽっかり開いた、空間と静寂。三十を越える切っ先の中心で。

老婦人の前に、片膝を突く。

ホールに満ちた緊張が膨れ上がる。

ホール中の視線を浴びながら、俺はゆっくりと、懐に差し込んだ手を引き出した。

「一曲いかがですか」

差し出したのは、真紅の薔薇《ばら》の花。

水を打ったような静寂が落ち――緊迫した空気を破ったのは、朗らかな笑い声だった。

老婦人が楽しげに喉を鳴らしながら、身を乗り出す。

「貴方《あなた》、女性に一本の薔薇を贈る意味はご存じ？」

俺が黙って目を細めると、婦人は口を押さえて笑った。

「気に入ったわ。強い狼《おおかみ》は無駄吠《ぼ》えをしないもの」

そう言って、手袋に包まれた手を軽く上げる。

護衛たちが剣を納め、止まっていた時が動き始めた。ウェーターたちが客のフォローに回り、再び音楽が流れ出す。

婦人が向きを変えると、絵描きの男――護衛がさっと寄ってきて車いすを押した。

「付いていらっしゃい。踊るにはいい夜だわ」

ふー、と息を吐く俺に、リゼたちが慌てて駆け寄ってきた。

「ろ、ロクさま、あの方が？」

「ああ。薔薇の手品が役に立ったよ」

ホールの奥、一見すると壁の装飾にしか見えないレリーフの先にある、隠し部屋。

花瓶に生けられた花が華やかな香りを振りまき、テーブルの上には瑞々《みずみず》しいフルーツが盛られている。

瀟洒《しょうしゃ》なカウチにゆったりと腰掛けて、婦人――サロンのオーナーは扇を広げた。

「なぜわたくしがオーナーだと分かったの？」

「護衛の意識が、貴女《あなた》に向いていたからです」

謎の好事家《オーナー》が主催する闇サロン。一見無秩序な乱痴気騒ぎに見えて、ホール内には明確なルールが存在していた。

参加者に紛れているのはオーナーだけではない。必ずオーナーを護《まも》るための護衛や警備が身を潜めているはずだ。

そう考えて魔力を視《み》れば、一目瞭然だった。参加者のはずの内の何人かが、明らかにこの婦人へと意識を向け、常に注意を払っていた。

婦人が微笑《ほほえ》みながら仮面を外す。

仮面の奥から、穏やかな深緑の瞳が現れた。溢《あふ》れるような品位と高貴さを湛《たた》えた瞳。豊かな白髪は乱れなく結い上げられ、指先に至るまで美しく整えられている。磨き上げられた優美さの一方で、少女のような無邪気な雰囲気を纏った、不思議な女性だった。

婦人の美貌を見て、マノンがはっと息を呑《の》む。

「ま、まさか、オリヴィアさま……⁉」

「ええ⁉　国王陛下の大叔母さまの⁉」

マノンに続いて、リゼが雷に打たれたように頭《こうべ》を垂れる。

記憶を手繰る俺に、マノンがそっと教えてくれた。

「オリヴィアさまは、サラミス領の公爵さまにして、陛下のお爺《じい》さまの妹御……大叔母さまにあたります」

「と言っても、今は隠居の身だけれどね」

老婦人――オリヴィアは楽しげに喉を鳴らして笑った。

サラミス公爵の名は聞いたことがある。若い頃から美しく奔放で、恋多き貴婦人と呼ばれ、数多《あまた》の婚姻と離婚を繰り返した女性。かつては大陸図書館の管理を預かり、あらゆる魔術を修めたという才女だ。

俺はふと、オリヴィアの指先で、魔力が滞っていることに気付いた。

「失礼ですが、お手を取っても？」

「ええ」

差し出された指先をそっと握り、魔力を送り込む。

「まあ、温かい。それにとても優しい気持ちになるわ。これはなぁに？」

目を輝かせるオリヴィアに笑いかける。

「少し、魔力を。ところで……大陸中の王侯貴族を虜《とりこ》にしているという、新進気鋭の宝石職人――貌《かお》のない名工、カーバンクルは、貴女ですね」

リゼたちが「えっ」と声を上げる。

オリヴィアは目を丸くした。

「あら。そこまで見破られたのは初めてよ。どうして分かったのかしら？」

「指に、細工を扱う職人特有の特徴が」

そして何よりマノンのネックレス──カーバンクルの作品に宿った魔力とオリヴィアの魔力が呼応している。淡い乳白色の輝き。おそらく光属性だろう、かなり希有《けう》な魔力だ。

「闇サロンは、新作のアイデアのために？」

尋ねると、オリヴィアは皺深《しわぶか》い目を細めて笑った。

「そう。人生を豊かにするためには、感性を磨き続けなくてはね。そのためには、お祭り騒ぎが一番。ただし、エレガントでヴィヴィットで、洗練されていないとダメ。わたくしはいつだって、インスピレーションを掻き立ててくれる刺激的な出会いを探しているの」

オリヴィアはマノンに柔らかなまなざしを向けた。

「わたくしの作品、とても素敵に着こなしてくれて嬉しいわ」

「身に余るお言葉です」

オリヴィアは膝を折るマノンに微笑み掛けると、俺に向き直った。

「さあ、貴方のお願いを聞かせてちょうだい？　ホール中の注目を集めたばかりか、わたくしの正体まで言い当てたのですもの。何が欲しいのかしら。誰もがうらやむような地位？　一生掛かっても使い切れない富？　それとも世界一可愛いお嫁さん──は、もう間に合っているみたいね？」

「コロシアムはご存じですか？」

「ああ。あの悪趣味な賭博《とばく》闘技？」

「俺を剣奴として出場させていただけませんか」

「スポンサーになってほしいということね？　出来ないこともないわ。裏社会には、少しばかりコネがあるから。けれど、理由を聞いてもいいかしら？」

「囚《とら》われた仲間を取り戻し、コロシアムを解体します」

オリヴィアは「まあ、まあ」とおもしろそうに小首を傾《かし》げた。

「あの低俗なお祭り《コロシアム》ね、わたくしもどうにかして尻尾を掴《つか》みたいと思っていたのだけれど、良《い》い役者がいなくて、手を出し倦《あぐ》ねていたの。貴方なら、役者に不足はなさそうね」

「では――」

「ただし、剣奴として送り込むには腕が立たなくてはならない。剣の腕は確かかしら？」

俺はリゼに目配せすると、祝福の剣《アンベルジュ》を抜いた。

リゼが「失礼いたします」とテーブルから林檎《りんご》を取り、宙に投げる。

俺は軽く剣を操って、左手で林檎を受け止め――林檎がぱかりと八つに分かれた。

「この程度で良かったら」

シャロットが「わあ、すごいです！」と手を叩き、オリヴィアが目を細める。

「これは面白いものが見られそうね」

微笑み合い、握手を交わす。

皺深い手は柔らかく、温かかった。


コロシアムの開催を待つ間、俺たちはオリヴィアの屋敷《やしき》で世話になることになった。

「勇敢で麗しい後宮部隊とその主《あるじ》のことは、噂《うわさ》には聞いていたわ。そう、貴方が」

朝食後、二人きりの温室。

俺が勇者だと知ると、オリヴィアはおもしろそうに俺を覗《のぞ》き込んだ。

「貴方、魔術が使えないのですってね？」

「はい。スキルも、魔力錬成という、基本的なスキルしかなくて。他には何の力も」

唯一の武器である祝福の剣に触れて、ふと思い出す。

オリヴィアは大陸図書館の管理を任されていたこともあったという。

「突然すみません、古代魔術について、何かご存じではありませんか？」

「神さえ存在しない古《いにしえ》に在った、究極の魔術ね。原初の魔術にして、あまねく魔術の頂点。その力は強大に過ぎ、故に全てを手にしたものだけが使えるとされているわ」

「全てを手にした者とは？」

「無限の魔力を持ち、全ての属性をその身に宿す者のことよ。火、水、風、土。雷、光、毒、氷雪……自然や、この世界を構成する元素、その全てを」

歌うように言って、扇で口元を隠す。

「けれど、そんな人間はいないわ。神代よりも前――生き物たちが、まだ形もなく、個々の魂もなく、ひとつだった頃ならともかくね？」

全ての属性を備える者のみが使える魔術。

無属性の俺からはあまりに遠い力だ。

「つまり、人間にはどう転んでも不可能ということよ。だって、完璧な生物などいないでしょう？　それに、古代魔術を発動させるには呪文が必要だとか。大陸図書館にその呪文について記述された古文書があったそうなのだけれど、遠い昔に散逸してしまったのよ」

「そうですか」

白銀の魔力が巡る手を見下ろす。

フェリスやサーニャ、アザレア部隊のみんなは、今頃どうしているだろう。俺にもっと力があれば、怖い想《おも》いをさせずに済んだはずだ。

もどかしさに拳を握り込んだ時、深緑の双眸《そうぼう》が柔らかく笑んだ。

「忘れないで、ロク。強く優しい勇者《ひと》。魔力錬成は、全ての生き物の原点よ。大樹を支える根であり、万物の根底を成すもの。どんな魔術も、流れを辿《たど》れば、そこに還《かえ》る」

オリヴィアは温室の外、大きな犬と戯《たわむ》れるシャロットと、それを楽しそうに見守っているリゼたちへ目を向けた。

「彼女たちが心から貴方《あなた》を慕い、信頼を寄せているのが分かるわ。貴方のこれまでの人生はきっと、あの子たちと出会い、愛し愛されるための放浪《ディスパーザル》の旅だったのね」

オリヴィアが車いすから伸び上がった。温かな手が頰を包む。

「本当の強さとは、一人で為《な》し得るものではない。貴方は大いなる運命に導かれて、約束の地にたどり着いたのよ。胸を張りなさい」

柔らかなまなざしに、この世界に喚《よ》ばれてから今日までの道のりを思い出す。

困難な道を、一人では決して越えられなかった道のりを、彼女たちと歩んできた。みんながいてくれたから、ここまで来られた。

彼女たちのために、世界のために。これまで出会い、力を貸してくれた人々のために。

自分に出来ることを、一歩ずつ刻んで行こう。

嚙《か》みしめるように頷《うなず》くと、オリヴィアは満足そうに微笑んだ。

「次のコロシアムは三日後に開催されるそうよ。腕を磨いておくことね」

そして三日後。

かつて栄華と繁栄を誇り、今は見る影もなく朽ち果てた古都。

半ば遺跡と化したコロシアムに、俺は立っていた。

闘技場の端、出場者ごとに仕切られた待機スペースから、観覧席を見上げる。

すり鉢状の席には血に飢えた人々が犇《ひし》めき、空には極彩色の飾り幕がはためいていた。

「わあ、すごい人だね！」

「これは予想した以上の規模ですね」

ティティが目を丸くし、マノンが眉を顰《ひそ》めて呟《つぶや》く。

正面の巨大な掲示板には、各剣奴のオッズが貼り出されていた。偽名を名乗る俺のオッズは最も高い——つまり、ほとんど勝利を期待されていない。まあ当然だろう。初登場の新人剣奴、それも冒険者としての知名度も全くないのだから。

観覧席の最前列に目を移す。

まるで玉座のように豪奢《ごうしゃ》な椅子に、若い男が座っていた。整った顔立ちに、丁寧になでつけられた金髪。身に着けた装《よそお》いは上質で、一目で高級な品と知れる。

「あれが主催者ですか」

「ええ。名はモーリス・エルド。人呼んで血染めの伯爵。ああ見えて、齢《よわい》八十の古狸《ふるだぬき》よ」

リゼが「は、八十⁉」と素っ頓狂な声を上げ、マノンが息を呑《の》む。

「エルド伯爵というと、今から五十年ほど前に、鉱業で財を成して爵位を買ったという？

とっくに隠居なさったはずでは……」

「どうやら若さを求めて、古今東西の秘法や禁呪をかき集めたという噂よ。見た目だけ若くとも、生き様が美しくなければ価値などないのにねぇ」

俺は主催の男――モーリスに目を凝らした。

見目麗《みめうるわ》しい、絵に描いたような美青年だ。だがその魔力は濁り、歪《いびつ》に絡《から》み合っている。

（魔力回路が狂ってる……まるで、正しい命の在り方から外れているような……）

頬杖《ほおづえ》をつき、にやにやと粘っこい笑みを浮かべるモーリスの隣。

黒い髪を長く伸ばした、細身の女が立っていた。

均整の取れた体軀《たいく》に、ぞっとするほど怜悧《れいり》な美貌。

妙な気配に眉根を寄せる。

（魔力が、視えない）

こんなことは初めてだ。彼女は一体――

さらによく視《み》ようと身を乗り出した時、開幕のラッパが鳴り響いた。

柄の感触を確かめる俺を見て、オリヴィアが微笑《ほほえ》む。

「さあ、最高にヴィヴィッドな舞台の開演よ。派手に暴れて頂戴、わたくしの騎士《シュヴァリエ》」

オリヴィアの手の甲を額に押し戴《いただ》き、勝利の女神の印を結ぶ。

「ご武運を」

緊張を浮かべたリゼたちに頷きかけて、入場する。

各ブースから、屈強な剣奴たちが進み出た。

その数、およそ五十人。

誰もが引き締まった身体《からだ》つきをしていて、一目で猛者《もさ》と分かる。皆、名のある冒険者なのだろう。

だが、彼らは一様に怯《おび》えていた。

隣の男がぶるぶると震えながら、譫言《うわごと》のように「喰《く》われたくない、喰われたくない……」と呻《うめ》いている。

「あんた、新入りか」

声を掛けられて振り向く。

「悪いことは言わねぇ、早い内に殺されておけ」

それは壮年の男だった。髭《ひげ》の生えた頬はこけ、落ちくぼんだ目は凄味《すごみ》を帯びている。

「『大鹿の首《アクリス》』のメンバーか？」

胸に掲げられた鹿の紋章に目を遣って問うと、男は力なく頷いた。

「……人を殺さないよう、のらりくらりしながら、どうにか今日まで生き延びた。だが、もうだめだ。勝っても負けても地獄だ」

男が低く呻いた時、高らかな声が響き渡った。

「紳士淑女のみなさま！　ようこそおいでくださいました！」

主催の男《モーリス》の横で、拡声器《魔具》を手にした司会者が嬉々《きき》として手を広げる。

「退屈な人生に娯楽を！　平凡な日常に輝きを！　血染め伯爵モーリスさま主催の血と命が飛び交うコロシアム！　ここに開催を宣言します！」

観客が、血を求めて熱狂する。

「もちろん優勝者には、豪華な賞品を用意しております！　今回の賞品は、なんとコロシアム始まって以来の大目玉！」

屈強な男たちに引かれて、布を被《かぶ》せられた巨大な物体ががらがらと入場する。

布を払って現れたのは巨大な檻《おり》、その中には美しい少女たちが閉じ込められていた。

――アザレア部隊だ。

リゼたちがはっと身を乗り出した。

絢爛《じゅんらん》可憐《かれん》な少女たちの登場に、客席が蜂の巣のように唸《うな》る。

アザレア部隊は好奇の視線に晒《さら》されながら、怯えるでも絶望にうちひしがれるでもなく、果敢に周囲を睨《にら》み付けた。

サーニャが俺に気付いて、はっと目を見開く。

フェリスが檻に縋《すが》り付いた。

「ロクさま……！」

微《かす》かな声が風に乗って届く。

みんな怪我《けが》をしている様子もなく、魔力にも異常はない。ひとまずは大丈夫そうだ。

（ごめん、怖かったよな。もう少し待っててくれ）

そう噛みしめながら頷きかけると、フェリスたちは小さく頷き返した。

「最高級の賞品には、その価値に見合うとびきり凄惨な死合いを！　というわけで、本日はお待ちかね、久々のデスマッチだ！」

観客が歓喜の雄叫《おたけ》びを上げ、剣奴たちの顔が絶望に染まる。

「ルールは単純、最後まで立っていた一人のみが勝者となる！　剣を奪って四肢を折るもよし、首を飛ばして斬り刻むもよし！　とにかく自分以外全ての敵を無力化すれば勝利！　ただし魔術の使用は厳禁だ！　己の肉体と技術、剣、スキルを頼りに生き残れ！　さあ、一流冒険者《剣奴》がそろい踏みのベストバウト、張った張った！」

「殺せ！　殺せ！」と茹《ゆ》だるような熱狂が渦巻き、モーリスの残忍な笑みが濃くなる。

アザレア部隊の入った檻がコロシアムの端に寄せられ、五十人の剣奴たちが震える手で鞘《さや》を払った。

張り詰めた空気の中で、静かに祝福の剣《アンベルジュ》を抜き、構える。

──勝利の条件はただひとつ、全員を無力化すること。

「さあ、血湧き肉躍る殺人ショーの始まりです！　互いの命を喰らい合う究極のデスマッチ、開始！」

殺し合いの幕が切って落とされるが早いか、周囲の剣奴が俺へと殺到した。

「うおああああああああああああああッ！」

彼らの形相は恐怖に引き歪《ゆが》み、目には凄絶なまでの狂気が浮かんでいる。

ルール上は無力化すればいいと言いつつ、ここまで追い詰められていたら必然的に殺すか殺されるかしかないだろう。一体何が歴戦の冒険者達を恐怖へ駆り立てているのか──

「おおっとこれは！　さっそく出ました、コロシアム名物、新人殺しだ！　今回の哀れな新人《生贄》は一体どんな惨《むご》たらしい死を迎えるのか、殺戮《さつりく》の宴《うたげ》をとくとご覧あれ！」

司会の歓喜の絶叫と、興奮した観客の雄叫びが響き渡る。

俺は腰を落とし、深く息を吸った。

意識を深く鋭く研ぎ澄ませ——

「『威圧《スタン》』」

『大鹿の首《アクリス》』でトレースしたスキルを、全方位に向けて叩《たた》き付ける。

「あ、が……⁉」

魔力の圧をまともに浴びて、剣奴の半分が硬直する。

残る半分はよろめきながらも雄叫びを上げて剣を振り上げた。

(耐性スキル持ちか)

眉間めがけて繰り出された切っ先を仰《の》け反《ぞ》って躱《かわ》し、反転する勢いで胴鎧《どうよろい》に回し蹴りを叩き込む。その背後に迫っていた二人もろとも吹っ飛ばすと、ぐっと身を沈めた。

「『強脚《アクセル・ギア》』」

魔力で脚力を強化、剣奴たちの間を縫うように駆け抜ける。

「っは、迅《はや》い……!」

壁にぶつかる直前で『蜘蛛脚《ウォール・ラン》』を発動し、壁を駆け上がった。

「っ、な……⁉」

「『空中舞踏《スカイ・ドライブ》』」

ふわりと上空へ躍り上がるや剣《アンベルジュ》を一閃《いっせん》、飾り幕を切り落とした。

長く重たい幕に覆《おお》い被さられ、剣奴たちがくぐもった悲鳴を上げる。

着地した俺に、残る剣奴が肉薄する。

「死に晒せぇぇぇえええあああああッ！」

手のひらに魔力を集めて『硬質化《アイアン・ゲイン》』を発動。

大剣による横薙《よこな》ぎの斬撃を受け止めた。

「っ、手で、受け……⁉」

驚く男のみぞおちに柄《つか》を叩き込み、手刀で昏倒《こんとう》させる。

「あ、がっ……」

俺は男が取り落とした大剣を蹴り上げると、左手に構えた。

「『二刀流《デュアル・ウィルダー》』」

斬り掛かってきた剣奴たちを左右の剣で捌《さば》き、怯《ひる》んだところを大剣の平でまとめて張り飛ばした。凄《すさ》まじい剣圧に土煙が巻き上がる。

「っ、あれは、あの男は何者だ⁉　本日初参戦した最低期待値《ルーキー》最高オッズの新人に、百戦錬磨の剣奴たちが手も足も出ないまま斃《たお》されていきますッ……！」

司会の絶叫に観客が呼応し、会場全体が狂乱の渦に叩き込まれる。

残るは五人。

背後からうなじを狙って突き出された切っ先を予備動作なく跳躍して躱し、相手の首に脚を絡めると腰をひねって地面に引き倒す。着地した背後に足音が迫り、

「『強脚《アクセル・ギア》』」

死角から斬り掛かろうとした剣奴の体側に、魔力を乗せて放った二段蹴りがまともにヒットした。

「ひ……！」

最後に残った剣奴へ大きく踏み込むと、伸び上がりざま剣を弾《はじ》き飛ばす。

宙に跳ね上がった剣が地面に落ちるよりも早く、当て身を喰らわせてダウンさせた。

「お、お……」

まだ意識のある何人かが、起き上がろうと地を這《は》う。

俺はゆっくりと手をかざし──

「『言霊《オーダー》』、動くな」

魔力を乗せた声が、耐性スキルを上回って男たちをねじ伏せる。

「っ、ぐ、ぁ……あんた一体、何者、なんだ……？」

大鹿《アクリス》の紋章を着けた冒険者が崩れ落ち、沈黙した。

──制圧完了《ゲームセット》。

「あ、圧、勝……！」

静まり返ったコロシアムに、司会の上擦った声が流れる。

「圧勝、です……！　何と言うことでしょう、無名の新人《ルーキー》が、わずか数分で手練《てだ》れの剣奴五十人を無力化しました……！　彼は一体何者なのかーっ⁉」

誰も予想さえしなかった大番狂わせ。

客席から上がった喚声が、うねりとなって会場全体を包んだ。

ふと顔を上げる。

わなわなと顔色を失っているモーリスの隣。

黒髪の女が、俺に冷たく冴《さ》えた視線を注いでいた。

「さあ、優勝者に賞品が授与されます！」

檻の扉が開き、アザレア部隊が飛ぶように駆けてきた。

「ロクさま！」

胸に飛び込んできたフェリスを抱き留める。

涙を孕《はら》んだ翡翠《ひすい》色の瞳が、俺を見上げた。

「必ず……必ず来てくださると信じていました」

「待たせてごめん。みんな無事か？　何か、酷《ひど》い扱いを受けたりは？」

サーニャが「平気」と言って、怒れるヤマネコのように爛々《らんらん》と金色の双眸《そうぼう》を光らせた。

「指一本でも触れたら、ただじゃおかないといった。わたしたちに触れていいのは、つがいだけだから」

この静かな気迫の前に、相対した人物もたじたじだったことだろう。

「みんなを護《まも》ってくれたんだな。ありがとう」

頭を撫《な》でると、サーニャは幸せそうに喉を鳴らした。

スポンサー席では、リゼたちが手を取り合って喜んでいた。

フェリスが唇を噛《か》んで俯《うつむ》く。

「申し訳ございません。私が不甲斐《ふがい》ないばかりに、ロクさまのお手を煩わせてしまって」

「そんなことはない。みんなが無事で本当に良かった。不安な思いをさせてごめん。よく頑張ったな」

順番に頭を撫でると、姫たちは安堵《あんど》したように笑った。

「それに今回の件はアザレア部隊の実力不足なんかじゃない。むしろ逆だ、何しろ――」

「つまらん！」

忌々《いまいま》しげな大音声《だいおんじょう》が響き渡る。

振り返ると、主催者――モーリスが魔具を手に唾を飛ばしていた。

「誰も血を流さず、誰も憎み合うことなく、殺し合わない！　こんなぬるい死合いで満足できるか！　あれは一体誰の剣奴だ⁉」

「わたくしよ」

殺伐とした闘技場に、涼しげな声が響き渡る。

高貴な百合《ゆり》のごとく首を擡《もた》げたオリヴィアを見て、モーリスが青ざめた。

「き、貴様っ！　オリヴィア……ッ！」

「久しいわね、モーリス。五十年ぶりかしら？　相変わらずねぇ、と、言いたいところだけど……あなた、あの頃よりも、格が下がったのではなくて？」

どうやら知り合いらしい。

モーリスは色を失った唇をぶるぶると震わせている。

「くそ、くそ、くそおおおおっ！　オリヴィア、この薄汚い売女《ばいた》め！　俺を愚弄するのもいい加減にしろ！　おい、あれを出せ！」

激昂《げっこう》したモーリスが、コロシアムの最奥《さいおう》へ声を張る。

地下に続く入り口に嵌《は》められた檻《おり》が、がらがらと重たい音を立てながら上がった。

湿った闇の奥から、獰猛《どうもう》な唸《うな》りが漏れ出す。

『言霊《オーダー》』の支配が解けた剣奴たちから、ひぃいいいっと悲壮な悲鳴が渦巻いた。

「出た、モーリスの番犬《ケルベロス》だ……！」

「嫌だ、嫌だ、喰《く》われたくない！　あいつに喰われるのだけは嫌だぁ！」

涎《よだれ》を垂らしながら進み出たのは、巨大な三つ首の犬だった。

黒い毛並みに、真っ赤に燃える眼《め》。凶悪な牙の覗《のぞ》く口から吐かれる呼気はごうごうと黒い炎を巻き、俺の腕よりも太い爪が地面を掻《か》く。

それも一頭ではない。三つ首の怪物の群れが、およそ二十頭。

「魔物⁉」

リゼが驚愕《きょうがく》の声を上げる。

ケルベロスたちは観客に目もくれず、俺たちを睨《にら》み付けている。

（魔物を使役しているのか？　そんなことが可能なのか……──）

これが歴戦の冒険者たちを脅《おびや》かし、追い詰めていたものの正体。モーリスはこの怪物を使って敗者を喰らわせ、勝者に恐怖を植え付け、仲間殺しへと駆り立てていたのだ。

観客が歓喜に沸き、モーリスの笑声が響く。

「やれ！　今回は特別だ、勝者もろとも喰い殺せ！」

ケルベロスの群れが唸りを上げ、たちまち俺たちを取り囲んだ。

「ひっ……ヒィッ……！」

怯《おび》える剣奴たちを背中に庇《かば》う。

俺は祝福の剣《アンベルジュ》を構えながら、フェリスに声を掛けた。

「フェリス。本気を出していいぞ」

フェリスがはっと俺を見た。

見開かれた翡翠色の瞳に、笑いかける。

「人間相手だと、手加減が難しかっただろ？」

フェリスが「ええ」と口の端をつり上げた。

見惚《みと》れるような所作で魔導剣を引き抜き、叫ぶ。

「アザレア部隊、抜刀《戦闘準備》！」

姫たちが一斉に神器を展開し、身構えると同時。

ケルベロスの群れが轟《とどろ》くような唸りを上げ、地を蹴った。

『ヴガアアアアアアアアッ！』

フェリスが腰を沈めて呟《つぶや》く。

「ここから先は、手加減なしよ」

その全身に、眩《まばゆ》い魔力が巡り——

「『天空閃《セレスティアル》』！」

金色の稲妻が、ケルベロスたちの間を駆け抜ける。

凄まじい雷撃が迸《ほとばし》り、たちまち五体を打ち砕いた。

「な、ぁっ……!?」

剣奴たちが、観客が、モーリスが。消え行くケルベロスを唖然《あぜん》と見つめる。

誰もが鮮烈な雷光に釘付《くぎづ》けになる中、サーニャが跳躍した。

ケルベロスたちの遥《はる》か頭上、涼やかな声が響く。

「『星廻輪舞《エトワール・ロンド》』」

投擲《とうてき》された星影の短剣《ルアノーヴァ》が星座のごとき軌道を描いて、四体のケルベロスを貫いた。

短剣は金色の糸を手繰って、着地したサーニャの手元に戻る。

「わたしたちも続くわよっ！」

「アザレア部隊の実力、見せてやるんだからぁ！」

可憐《かれん》な姫たちが恐れ気無くケルベロスへ対峙《たいじ》する。

獰猛に吼《ほ》え猛《たけ》る黒い群れに炎の矢が降り注ぎ、風の槍《やり》が穿《うが》った。冴え渡る剣気と魔術の前に、名うての冒険者たちを脅かし続けた怪物が打ち倒されていく。

「な……これは、一体……」

ただの賞品《しょうひん》としてしか見ていなかった少女たちの勇姿に、司会が声を失う。

——そう、本来であれば、簡単に囚《とら》われの身になるようなアザレア部隊ではない。

彼女たちは、対魔物の訓練を積んできたのだ。

魔物を一掃するだけの実力があったからこそ——相手を徹底的に殲滅する技術を磨いていたからこそ、人間相手には迂闊《うかつ》に手を出せなかった。

少女たちの闘気に恐れをなしたのか、一頭のケルベロスが標的を変える。

雄叫《おたけ》びを上げる赤い瞳が捉えるのは、スポンサー席に座すオリヴィアの姿——

「させません！　『炎魔壁《フレイム・シールド》』！」

突進する黒い獣の前に、暁の盾《アマンセル》を構えたリゼが躍り出た。

『ヴオオオオオオオオオオオオオ！』

漆黒の巨軀《きょく》が魔術障壁に襲いかかる。太い牙が火花を散らし、凶悪な爪が障壁を削るごとに、盾の輝きが増していく。

その輝きが最高潮に達した瞬間、

「『彩開花《リミット・ストライク》』！」

暁の盾《アマンセル》が、溜《た》め込んだ力《エネルギー》を一気に解放、反撃。

鮮やかな光が弾け、ケルベロスが吹っ飛んだ。

別の個体が怒り狂いながら牙を剝《む》き——

『雪花氷《フローズン・タイト》』！」

シャロットの氷雪魔術がケルベロスの足を凍らせ、地面に縫い止める。

「『風裂龍《ウインド・ドラゴン》』！」

凄《すさ》まじい突風が炸裂《さくれつ》して、背後に居た個体ごと屠《ほふ》った。

自由を奪われたケルベロスに、マノンの風魔術が直撃。

「こちらはお任せください！」

リゼの叫びに頷《うなず》いた瞬間、俺に狙いを定めたケルベロスが咆哮《ほうこう》と共に殺到する。

俺が身構えるよりも早く、フェリスの魔導剣とサーニャの短剣が交錯した。

漆黒の巨体が、断末魔の悲鳴を上げながら消滅する。

剣に纏《まと》わり付いた残滓《ざんし》を払って、フェリスとサーニャが鋭く告げた。

「私たちのロクさまに」

「触れるな」

貴賓席で、モーリスが「ひ……！」と顔を引き攣《つ》らせる。みっともなく身を屈《かが》め、他の客を押しのけながら逃げようとし――その時、最後の一体が咆哮を上げた。

黒炎を纏った体軀《たいく》がどくりと脈動し、めきめきと音を立てながら膨れあがっていく。

『ヴオオオオオオオオオオ！』

天を裂くような唸りを上げ、土煙を巻いてモーリスへと迫る。

「ヒィッ、なんでっ、やめろ、やめろやめろやめろ来るなっ……ひぎゃあああああ!?」

鋭い牙がその頭を噛み砕《くだ》こうとした、寸前。

「ふッ……——!」

俺は大剣を思い切り振りかぶると、渾身《こんしん》の力で投擲した。

風を巻いて放たれた大剣がケルベロスの巨体を消し飛ばし、モーリスの横に突き立つ。

「ひぅ……」

モーリスは白目を剝きながらくたくたと崩れ落ちた。

その身体《からだ》から黒い靄《もや》が噴き上がるのを見て、フェリスが息を吞《の》んだ。

「あれは、瘴気《しょうき》……?」

瘴気が抜けるにつれ、モーリスの身体がみるみる萎《しぼ》んでいく。

やがて残されたのは、一人の老人だった。

生命力に漲《みなぎ》っていた四肢は細く枯れ、皺《しわ》だらけの皮膚は垂れ下がり、目は濁っている。

さっきまでの美青年とは似ても似つかない。

「あ、あぁぁ……は、早くっ、早く、あの御方に、生贄《魔力》を捧《ささ》げなければ……っ！　もっと血を、叫喚を、醜い殺し合いを……！」

譫言《うわごと》のように呟きながらうつろな目を彷徨《さまよ》わせるモーリスに、近付く人影があった。

「噂《うわさ》は本当だったのね、モーリス」

「つぐ……！　き、貴様、オリヴィアぁ……っ！」

駆け寄った俺に、オリヴィアはいたずらっぽく笑った。

「知り合いですか」

「私の三番目の夫よ」

驚く俺たちにをよそに、恋多き貴婦人は惨《みじ》めな姿になった元夫を見下ろして息を吐く。

「若さに執着して禁呪に手を出すなんて、見下げ果てたものね。昔の貴方《あなた》はもうちょっと、ほんの少しだけ、かっこよかったわ？　反省することね」

オリヴィアが片手を掲げると、コロシアムに大勢の兵士がなだれ込んできた。

声を失うモーリスに、オリヴィアが艶然《えんぜん》と笑う。

「わたくしの私兵は優秀なの。ネズミ一匹逃がさないわよ？」

モーリスは悄然《しょうぜん》と兵士に引っ立てられ、部下や司会者たちも捕らえられていく。

ふと、貴賓席を見遣《みや》る。

謎めいた黒髪の女は、いつの間にか姿を消していた。

客席からシャロットが飛び出す。

「おねえさまがた！　ご無事でよかったです！」

「まあ、シャロットちゃん！　助けに来てくれたのね！」

シャロットはフェリスに抱き付いて、「はい！」と大きな目をきらきらと輝かせた。

「シャロ、旅をしました！　冒険もたくさんしました！　飴《あめ》をたくさんつかみました！

シャロは、つよくなりました！」

少女たちは俺に抱き付き、手を握り合って、互いの無事と再会を喜んだ。


アザレア部隊と合流した俺たちは、再びオリヴィアの屋敷《やしき》に滞在することになった。

「今回の事件、おそらく魔族が噛《か》んでいました」

全員が集まった応接室。

オリヴィアにそう切り出すと、姫たちが息を呑んだ。

「モーリスの横にいた、黒髪の女。魔力が視《み》えませんでした。おそらく魔族かと」

オリヴィアが深緑の瞳を曇らせる。

「人間に擬態する魔族なんて、聞いたことがないわ。それに、人を若返らせる——生き物の在り方を歪《ゆが》めるなど、よほど力の強い魔族ね。……おそらく、魔王に近い個体よ」

リゼたちの顔が緊張で強《こわ》ばる。

傍《そば》で控えていた秘書官に目配せして、オリヴィアは微笑《ほほえ》んだ。

「本当にありがとう。王宮にはわたくしから報告しておくわ。さあ、久々の再会なのでしょう？　好きなだけ滞在して、疲れを癒やしてちょうだい」

「ありがとうございます」

ひとまず解散しようとした時、オリヴィアが俺を呼び止めた。

「そうそう、これを貴方に」

皺深い手が差し出したのは、古びた本だった。

革の装丁はところどころ剝がれ、文字も掠《かす》れている。

「これは？」

「モーリスのコレクションよ。若返りの秘法や禁術の他にも見境なく集めていたらしくてね、没収した中に混じっていたの。――失われた古代魔術について記述された古文書よ」

目を見開く。

古代魔術――すべての魔術のはじまりにして頂点。呪文と莫大《ばくだい》な魔力、そして全ての属性が揃《そろ》って初めて発動するという、誰にも扱えない究極の力。

「いいんですか？」

尋ねる俺に、オリヴィアは柔らかく微笑んだ。

「貴方にならば……いいえ、貴方にこそ、必要なものだと思うわ」

リゼたちが固唾を呑んで見守る中、古びたページを開く。

そこには見慣れない文字が並んでいた。

これが呪文だろうか？

マノンが押し殺した声で呟《つぶや》く。

「古代文字ですね。王宮の神官ならば、解読できるかもしれません」

「じゃあ、戻り次第見てもらおう——」

そう言いかけた、刹那

本が淡い光を帯びた。

俺の魔力に呼応して、ふわりと浮かび上がる。

その輪郭がほどけて光の粒子と化し、眩《まばゆ》く輝きながら俺の胸へと吸い込まれていく。

「ろ、ロクさま……！」

やがて古文書は、完全に俺の中へと溶け消えた。

「今のは……」

ほのかに熱の灯《とも》った胸を押さえて呟く。

姫たちがあわあわと俺に縋《すが》り付いた。

「ロクさまっ、な、何か異常はございませんか⁉　具合が悪いとかっ……！」

「いや……」

手のひらを見下ろす。

心臓の奥。温かい力が息づいているのを感じる。

だが。

喪失にも似た欠乏感が、胸にぽっかりと開いていた。

（何かが、足りない。ピースが欠けている……？）

強く確かに脈を打つ心臓を押さえて、小さく呟く。

「……全てを修めた者だけが扱える、古代魔術……」


出立の日。

オリヴィアは笑顔で俺たちを送り出してくれた。

「貴方は小鳥たちの憩《いこ》う大樹であり、群れを護《まも》り率いるただ一人の雄であり、どんなものでも受け入れる、優れた杯。その優しさと強さを、いつまでも忘れないでね」

礼を言い、帰路を辿《たど》る。

美しい貴婦人は、いつまでも手を振っていた。

第三章　休息日《ハーヴェスト・フェスティバル》

落ち葉の甘い香りを含んだ風が吹き抜け、木漏れ日が躍る中庭。

真剣な顔をしたマノンが、滔々《とうとう》と言葉を紡《つむ》ぐ。

「ロクさまは救世の運命を担《にな》った勇者さまであり、私たちはロクさまにお仕えする神姫《じんき》。世界の平和を護るために、そして魔王を倒すために、戦いはより苛烈になります。強大な敵と戦い抜き、打ち勝つためには、精をつけなければなりません。と、いうわけで――カヅノ後宮慰労会および決起会を、ここに開催します！」

姫たちから華やかな歓声が上がる。

色づいた中庭は、お祭りのように飾り立てられていた。

生け垣は色とりどりのモールで彩《いろど》られ、噴水には花びらが浮かんでいる。

そこかしこに設置されたテーブルには、目にも鮮やかな料理やドリンクが並んでいた。

「これはすごいな」

ここのところ、ダンジョン攻略に情報収集と、慌ただしい日々が続いている。

そこで決戦に向けて英気を養おうと、後宮総出で宴《うたげ》を開くことにしたのだ。

「今日のテーマはハーヴェスト・フェスティバル《収穫祭》。姫たちの出身地のお料理を取りそろえました。豊かな秋の味覚を、どうぞご賞味ください」

宮女たちが奏《かな》でる軽やかな音楽に、心が浮き立つ。

それぞれの故郷に伝わる衣装に身を包んだ姫たちが、大陸各地の伝統料理を取り分けてくれた。彼女たちが育った味に舌鼓《したつづみ》を打ちながら、家族の思い出や郷里の話に花が咲く。

「ナターシャ、ご家族は元気か？」

「はい！　相変わらず弟たちに手を焼いてるみたいですが、皆変わりなく！」

「それは良かった。プリシラは？　この間、里帰りしたんだよな？」

「おかげさまで、みんな元気でしたぁ！　犬《パタピロ》がすっごく大きくなってました～！」

「そうか。健やかに育ってるみたいで何よりだ」

そうこうしている間にも、豪華な料理が次々に盛りつけられる。

「ロクさま、こちらわたしの故郷の料理で、ヤギのミートパイです。いかがですか？」

「辛いものはお好きですか？　この鶏肉《とりにく》、スパイスが効いててとっても美味ですよ～！」

「ありがとう、どれもすごく美味《おい》しいよ。それにみんな、故郷の衣装がよく似合ってる。可愛《かわい》いよ」

心からの気持ちを告げると、少女たちは嬉《うれ》しそうに笑った。

「ロクさまは、いつも言葉にして伝えてくださいますね。可愛いとか、きれいとか、美味しいとか、ありがとうとか」

幸せそうにはにかむリゼに、目を細めながら頷く。

——優しかった両親《家族》は、大切なことを伝える前に遠くへ行ってしまった。ずっと続くと信じ込んでいた日常を失って初めて、当たり前の幸せがどんなに尊いものかを知った。

それ以来、俺はどんなに小さな事も、出来るだけ声に出して相手に伝えるようにしていた。おいしいごはんを作ってくれてありがとうとか、一緒に過ごす時間が心地良いとか、会えて嬉しいとか、笑顔が好きだとか。

今ある幸せを、世界の美しさを——何気ない、けれどかけがえのない瞬間を、大切な人たちと分かち合いたくて。出会ってくれてありがとうと、声が届く内に伝えたくて。

「とても嬉しいです。ロクさまが私たちを大切に想《おも》い、心から慈《いつく》しんでくださっているのが伝わってきて」

「愛されてるって感じがして幸せです～」

姫たちの花のような笑顔に、心が温かくなる。

みんなでボードゲームやボール遊びをのびのびと楽しんで、日が傾き始めた頃、リゼが

「湯浴みの準備を整えてまいりますね！」と告げて、半数ほどが姿を消した。

「ねーロクちゃん、これ食べたっ？　北方の珍しいフルーツだって！　はい、あーん」

「ロクにいさま、ティーケーキはいかがですか？　シャロも作るのをお手伝いしました」

「ロク。これ、どうやって食べるの？　おしえてほしい」

ティティたちとデザートを摘まみながらのんびり過ごしていると、リゼが呼びに来た。

「ロクさま、お待たせいたしました！　湯殿の準備が整いました！」

「ありがとう」

シャロットとティティ、サーニャに見送られて、中庭を後にする。

こんな早い時間からお風呂《ふろ》に入るのは久しぶりだ。ゆっくり湯船に浸《つ》かろう。

そう思いながら男湯へ向かおうとすると、リゼがそっと腕を引いた。

「今宵《こよい》はこちらへ」

不思議に思いつつ連れて行かれた先は、姫湯——女湯だった。

「ちょっと待ってくれ」

さすがに立ち止まる。

「そうか、そうだよな。今までちゃんと言ってなくてごめん。——俺、男なんだ」

「それはもう、存じております」

リゼは楽しそうに喉を鳴らして笑うと、そっと俺の手を取った。

「ここは後宮で、ロクさまは私たちのただ一人の主《あるじ》さまで、そして唯一の殿方です」

柔らかな身体《からだ》が寄せられ、宝石《ルビー》のように煌《きら》めく双眸《そうぼう》が熱く潤みながら俺を見上げた。

「ロクさまと一緒に、日頃の疲れを癒やしたいのです。……ダメ、ですか?」

目元をほのかに染め、恥じらいながらねだる姿に、言葉が詰まる。

リゼが笑って、軽やかに俺の手を引いた。

「ご心配なさらなくても大丈夫ですよ。みなさま、湯浴衣《ゆあみぎ》を着けていますから。ロクさまがいらっしゃるのを待ちわびております」

なるほど、湯浴衣というものがあるんだな。水着のようなものだろうか?

リゼに引かれて脱衣所に入ると、宮女たちが嬉しそうに俺を迎えた。

「さあ、ロクさまはこちらへ!」

奥にある小部屋に通されたかと思うと、我先にと服の留め具を外しはじめる。

「っと、大丈夫、自分で脱ぐよ。少し、外で待っててくれないか?」

残念そうに出て行く宮女たちを見送って服を脱ぎ、用意されていた湯浴衣に脚を通す。

ほとんど水着と変わらない。少し厚手なくらいか。

部屋を出ると、宮女たちから黄色い声が上がった。

「まあ、なんて逞《たくま》しい……ロクさまは着痩せするタイプでいらっしゃるのですね」

「ささ、お召し物をお預かりいたします」

畳んだ服を渡していると、リゼが現れた。

「ロクさま、いかがでしょうか？」

率直に言って、天使だった。

雪花石膏《せっかせっこう》にも似た白い肌を、羽衣のように薄い淡いピンクの生地がふわふわと覆っている。動く度にフリルのついた裾が軽やかに揺れて、光が踊っているようだ。

「すごく可愛いよ。リゼは何を着ても似合うな」

リゼは頰を染めて、嬉しそうにはにかんだ。

「さあ、こちらです」

リゼに連れられて、俺は脱衣室を後にし――

「ねえ、ロクさまの脱ぎたてのシャツ！　まだ温かいわ、体温を感じるわ、ロクさまのにおいがするわ！　どどどうしよう、着てみていい⁉　ねえ、着てみていい⁉」

「待って！　先に嗅がせて！　すー……はー……すぅ――………」

「ねえ、長い！　次わたしなんだからっ！　長いって！　早く代わってよーっ！」

宮女たちのはしゃぎ声が気になりつつ、浴室に足を踏み入れる。

ドーム型の天井に、美しい紋様の描かれたタイル張りの床。天窓から差し込む陽光が心地良い。中央に設《しつら》えられた大理石を囲むようにして、様々な種類の湯が張られていた。

姫たちが愛らしい歓声を上げて俺を迎えてくれる。

「ロクさまぁ！」

「お待ちしておりました、こちらへどうぞ！」

色とりどりの湯浴衣が可愛らしく揺れる。白い湯気と甘い香りの中で、麗《うるわ》しい少女たちが熱帯魚のようにひらひらきらきらとはしゃいで、まるで桃源郷に迷い込んだようだ。

この世のものとは思えない煌びやかな光景に見惚《みと》れていると、リゼが背を押した。

「さあ、お背中を流しましょう」

「あ、いいよ、洗うのは自分でやるから――」

言い切るよりも早く、視界をふわりと柔らかな布が覆う。

「錦陽糸という特別な素材を織り込んだ布です。目の疲れを取ってくれるそうですよ」

目元がじんわりと温かくて、芯までほぐれていく。普段、書類仕事や魔力を視《み》るために目を酷使しているから、とても心地良い。……が、何も見えない。

「ええと、すごく気持ちいいよ、ありがとう。でも、身体は自分で洗……」

「さあ、こちらにお掛けください」

暗闇の中、マノンが手を引いた。

目が見えないのでは抗《あらが》いようがない。促されるままに座る。中央にあった大理石の台だろうか、滑らかで温かい。

「ロクさま、失礼します」

耳元でフェリスの声がして、背中をたっぷりの泡が包み込む。

俺の腕にも泡を滑らせながら、リゼの声が優しく問いかけた。

「もし熱かったり痛かったりしたら、すぐにおっしゃってくださいね？」

頷《うなず》きつつ、俺はマノンがいるだろう辺りに顔を向けた。

「あの、アイマスク、外してもいいか？」

「ふふ、ダメです。目が見えると、ロクさまは遠慮なさってしまうでしょうから。こうでもしないと、私たちに身を任せてくださらないでしょう？」

それはその通りかもしれないが、想像以上に落ち着かないというか、心細いというか
……普段、自分がいかに視覚に頼っているか痛感させられる。

慣れない状況に戸惑っていると、耳の裏にフェリスの声が囁《ささや》いた。

「前も洗うわね」

背中を洗っていた腕が、するりと胸板へ回る。

細い指が脇腹を掠《かす》めて、肩が跳ねた。

「あっ、ごめんなさい、痛かった？」

「いや、ごめん、くすぐったくて……」

ふふ、と甘い吐息が愛おしげに笑って、たおやかな手がそっと胸を撫《な》でる。

「ロクさまのお身体、本当に綺麗。逞しくて、引き締まっていて……」

「ここに来た頃は、そうでもなかったんだけどな」

まだ王宮に勇者として認められる前、後宮の魔術教官としてみんなの前に立ったあの日から、時間さえあれば鍛錬を積み、剣を振るい、実戦を重ねてきた。

肩に残る傷跡をなぞって、フェリスは小さく呟《つぶや》いた。

「私たちのために、ありがとう」

背中に押し当てられた柔らかな感触から、優しいぬくもりが伝わってくる。

「ロクさま、こちら、リンデンフラワー入りのシャンプーです。いい香りでしょう？」

「社交界で話題の石けんを取り寄せました！　お肌をすべすべにしてくれますよ～」

小鳥のような囀《さえず》りと共に、柔らかな肢体が左右にぴとりと寄り添った。薄い布越しに、瑞々《みずみず》しい肌の弾力を感じる。

かと思えば、今度は誰かの腕がそっと頭を抱き寄せた。滑らかな泡が首筋を滑り、耳をなぞる。

「顔を上げて、こちらを向いて……そう、上手ですよ。力を抜いて」

「まあ、すごい腹筋。一層逞しくなられて」

「殿方のお身体って、私たちとぜんぜん違うのですね、なんだか不思議です～」

四方から姫たちの声が響き、むにむにと柔らかな身体が押し当てられる。石けんだけではない、少女たちのまとう花のような香りが間近にある。泡を纏《まと》った手が鎖骨を撫で、喉から顎へとなぞり上げた。かと思えば別の手が脚を伝って腿《もも》を這《は》う。

「っ、ごめん、ちょっと待っ……」

持ち上げた手が、ふよりと心地の良《い》い弾力に触れた。

きゃっ、とフェリスの声がして、慌てて手を引っ込める。

「ごごごごめんっ⁉」

「い、いいの、ロクさまになら、私……」

そっと肩に寄り添う体温に、どくどくと血潮が騒ぐ。心臓がずっと跳ね回っていてひどく落ち着かない。視界を奪われた分、残された器官がほんの僅かな刺激を敏感に拾う。

少女たちのぬくもりや息遣い。すべすべとした肌の感触。滑らかな泡に包まれて、互いの境界が溶けていくようだ。淡い吐息が首筋に触れる度に、否応《いやおう》なく鼓動が高まった。

今、俺、どうなってるんだ……？

「さあ、次はうつぶせに」

泡を流され、柔肌の海から解放されて、ようやく詰めていた息を吐く。

立ち込める熱気のせいか頭がふわふわして、マノンに導かれるままに腹ばいになった。

温かい液体が、とろりと背中に垂らされる。

「マッサージオイルです。フェリスさまが調香してくださったのですよ」

艶《あで》やかな花の香りに、頭の芯がぼうっと痺《しび》れる。全身の疲れが溶け出していくようだ。

俺の背中に手を這わせながら、マノンが甘いため息を吐いた。

「本当にいい身体。少し緊張なさってますね。私に身を任せて、リラックスなさって？」

腰にたおやかな手が添えられ、耳に恍惚《こうこつ》と潤んだ囁きが寄り添う。

「身体が蕩《とろ》けてなくなってしまうくらい、たくさん気持ち良くなりましょうね？」

「え、マノン、な、ちょっ、待っ――うぐぅっ⁉」

そして、数十分後。

「腰が……なくなった……？」

呆然《ぼうぜん》とする俺に、「ございますよ、ちゃんと」笑みを含んだ声が応える。

身体がひどく軽い。首も肩も足も、明らかに可動域が広がっている。マッサージ前までの状態がデフォルトになってて気付かなかったけど、俺、疲れてたのか……

「すごいな、マノン。ありがとう」

あらぬ方向に礼を言うと、細い指が顎を振り向かせた。

「ふふ。ロクさまのためにお勉強した甲斐《かい》がありました」

そっと、アイマスクを外される。

差し込む眩《まぶ》しさに、俺は目を眇《すが》め――呼吸が止まる。

そこには、視界を奪われる前よりもさらに麗しい光景が広がっていた。

淡く頬を染めた少女たちが、熱の籠もった瞳で俺を見つめる。濡《ぬ》れた肌に薄い布地がぴったりと張り付いて、その瑞々しい曲線を露《あら》わにしていた。触れれば折れてしまいそうに細い肩や、ふんわりと魅惑的な胸の膨らみ。美しい腰のくびれから続く、柔らかそうな太腿へのライン。きらきら光る水滴を纏った肉体は、今にも零《こぼ》れそうに眩《まばゆ》くて――

「ちょ、っと、待ってくれ、みんな何か着た方がいい……！」

「あら、着ておりますよ、ちゃんと」

「そうなんだけどっ……！」

咄嗟《とっさ》に顔を背けようとした俺の頬を、リゼがそっと両手で包んだ。

「ロクさま、どうぞこちらをご覧下さい。ご遠慮なさることなどないのです。ロクさまは、私たちがお慕いする、ただ一人の主《あるじ》さまなのですから」

頬を染めたフェリスが、マノンが、少女たちが、気恥ずかしそうに、けれど深く温かな愛を籠めて俺を見つめる。

「ロクさまは、いつも私たちのことを想《おも》って、心から大切にしてくださって……私たち、こうしてロクさまにお仕えできることが嬉《うれ》しいの」

「私たちの愛でロクさまが癒やされてくださるのであれば、これ以上ない喜びです」

「みんな……」

自分でも気付かない内に抱え込んでいた疲れや焦《あせ》りが、姫たちの優しさに溶けていく。

少女たちの眩い笑顔に魅入っていると、リゼがふと身を乗り出した。

「ロクさま、髪に泡が……」

細い腕が、大理石に腰掛けた俺の髪へと伸ばされ——その足がつるんっ！ と滑った。

「ひゃう⁉」

ふよんと柔らかな弾力が顔に覆《おお》い被《かぶ》さって、押し倒されながら「むぐ」と呻《うめ》く。

「はわわわわぁ⁉ ごめんなさいごめんなさいっ、すぐにどきますからっ……！」

「っ、リゼ、大丈夫だから、落ち着い、んぐ」

「ひゃぁんっ⁉ あっ、ぁ、ごめん、な、さっ……泡で、滑っ、て……！」

リゼが焦れば焦るほど、やわやわと夢のような心地よさが全身に絡《から》みつく。助けようにも、どこもかしこも柔らかくて、下手に力を込めれば傷付けてしまいそうだ。改めて、自分と彼女たちがあまりにも違う生き物であることを痛感する。

細心の注意を払いつつ細い腰を支えると、リゼを膝に乗せたままそっと身を起こした。

「っと……平気か？　どこか打ったりしてないか？」

「ふぁ、ふぁい……」

薄い布越しに互いの肌がぴたりと密着し、鼻と鼻とが触れそうな至近距離。

白い頬がみるみる上気し――リゼの魔力が弾《はじ》けて、赤い火花が俺の身体《からだ》を駆け抜けた。

「いてててて」

「ひゃあああああっ⁉　す、すみません、すみませんーっ⁉」

「いや、ごめん、大丈夫。びっくりしただけで、たいしたことないよ」

笑いながら、涙目でパニックになっているリゼをよしよしと宥《なだ》める。

赤い火花――リゼ本来の魔力、火属性。

出会ったばかりの頃、リゼの魔力は魔の力に支配され、火属性の魔術を使うことさえ出来なくなっていた。今はこうして咄嗟に暴走するくらい、リゼの身体に馴染《なじ》んでいる。

背中のアザを撫でながら、俺は目を細めた。

俺たちは、少しずつ前に進んでいる。彼女たちの優しさに報いるためにも、俺は俺に出来る全力を尽くし続けよう。

「みんなのお陰で元気が出たよ。いつもありがとう。みんなもゆっくりお湯に浸《つ》かって、日頃の疲れを癒やしてくれ」

そう笑いかけると、少女たちは嬉しそうな笑顔を咲かせた。

汗を流して、みんなで泡風呂《ぶろ》に浸かる。

「ロクさま、こちらライチのソルベです！　フルーツもどうぞ！」

「冷たいはちみつ水もございますよ～。デトックス効果を高めてくれます～」

「水煙草《シーシャ》のフレーバーも、お好きなものをお選びくださいね」

心を尽くしたもてなしと、身体を包む滑らかな湯に、ほぐれきった息が溢《あふ》れる。

思わず「よきかな」と零すと、姫たちが楽しげに顔を輝かせた。

「「「よきかな～！」」」

蒸気の昇る天井に、可愛《かわい》らしい合唱が響いたのだった。

姫たちに礼を言って着替え、回廊を歩く。

火照《ほて》った身体に夜風が気持ちいい。身体が嘘《うそ》のように軽くて、まるで雲の上を歩いているようだ。

部屋に戻ると、ティティとサーニャ、シャロットが出迎えてくれた。

「あっ、ロクちゃんおかえり！」

「三人とも、どうしたんだ？」

三人は、獣耳フードの付いたもこもこパジャマを着ていた。シャロットは耳の垂れたうさぎ、サーニャは猫、ティティは熊だろうか、小さな丸い耳が愛くるしい。

シャロットが元気に手を挙げる。

「そいねがかりです！」

ティティが「パジャマはティティが作りました！」とドヤ顔をしている。可愛い。

「にあう？」

「ああ、みんな、すごく似合ってる。可愛いよ」

頭を撫でると、サーニャは幸せそうに目を細めた。

上着を引かれて振り返る。シャロットが頬を染めながら、もじもじと俺を見上げた。

「ぎゅってしたくなりますか？」

「うん、なるよ。すごくなる」

するとシャロットは、おずおずと両手を広げた。

笑って膝を突き、小さくて柔らかな身体を優しく抱き締める。

シャロットは嬉しさを堪えきれないようにぴょんぴょんと飛び跳ねた。長い耳が上下して、本当にうさぎみたいだ。

わくわくと順番待ちしているティティとサーニャも抱擁する。

ふわふわもこもこの手触りと、嬉しそうな表情に、こちらまで笑顔になる。

「それじゃあ、おやすみ部隊、かかれーっ！」

ティティの号令一下、小さな手に引かれ、ベッドに連れて行かれる。

ヘッドボードに背をもたせかけて座ると、シャロットが「おひざに乗ってもいいですか？」と尋ねてきた。

「うん、おいで」

嬉しそうに腿によじ登ると、俺に背中を預けて、本を開く。

「今夜は、シャロが御本をよんでさしあげますね。きっとよく眠れます」

それは、優しい少女と子猫の物語だった。

左右に寄り添うティティとサーニャの頭を撫《な》でながら、小鳥のような声に耳を傾ける。

パジャマ越しに伝わる柔らかな体温が心地良い。

読み終えたシャロットのうさ耳を撫でながら、ふと思い出す。

「奏《カナデ》とパルフィーは元気かな」

今もどこかで旅を続けているであろう、先代勇者と、獣人の少女。

遠い空に想いを馳《は》せていると、シャロットが俺を見上げた。

「ロクにいさま。シャロ、にいさまのぼうけんのおはなしを、たくさん聞きたいです」

シャロットの頭を撫でながら、旅の想い出を話して聞かせる。

海辺のダンジョンを攻略した後、リゼたちと見た朝焼けが綺麗《きれい》だったこと。魔物に苦しめられながらも、精一杯もてなそうとしてくれた優しい村人たちのこと。森で野宿をしていたら、野犬の群れに懐《なつ》かれて大変だったこと。

「ロクちゃんはね、困っている人を見ると、すぐに助けるんだよ」

ティティの言葉に、サーニャが頷《うなず》く。

「子どもをたすけるために井戸にとびこんだこともあったし、雨の日に脱走して迷子になった羊を、泥だらけになりながらさがしたこともあった」

シャロットは嬉しそうに俺を見上げた。

「ロクにいさまは、たくさん旅をなさって、たくさんの人たちを救われたのですね」

「俺の力じゃないよ。みんながいてくれたからだ」

「でも、みなさまの笑顔のまんなかには、いつもロクにいさまがいらっしゃいます。ロクにいさまは、わたしたちの自慢の勇者さまです」

心から信頼を寄せてくれるあどけない笑顔に、胸が温かくなる。

「みんなの話も聞かせてくれ」

それから俺たちは色んな話をした。

ティティの故郷である南国の海の話や、サーニャが見た、草原を駆ける赤い馬たちの話。好きな食べ物の話や、街で見掛けた可愛い雑貨の話。

シャロットは、オリヴィアの屋敷《やしき》で遊んだ大きな犬がとても可愛かったこと、後宮の花壇に種を撒《ま》いたから、春が来るのが楽しみなことを、目を輝かせて語ってくれた。

温かい気持ちで、その頭を撫でる。

長い間魔族に囚《とら》われていたシャロットが、今、小さな幸せや新鮮な驚き、溢れるほどの喜びをめいっぱい感じながら日々を過ごしていることが嬉しかった。この先もこの子らしく、リゼたちと共に失われた月日をゆっくりと取り戻し、幸せを築いてほしい。

サーニャがうとうとしているのに気付いて、そっと布団《ふとん》を掛ける。

「そろそろ寝ようか」

灯《あか》りを落とす。

シャロットが小さな手を伸ばした。俺の頭を撫でて、額にちゅっとキスを落とす。

「よく眠れるおまじないです。リゼねえさまが、よくしてくださいます」

「ありがとう。よく利《き》きそうだ。おやすみ、みんな」

シャロットたちは嬉しそうに笑って、俺に頬を寄せた。

ふにふにと柔らかな頬の感触を感じながら、小さな背中を優しく叩《たた》く。

やがて、三人はすやすやと寝息を立てはじめた。

健やかな寝顔に頬が緩む。

ティティとサーニャはいいが、シャロットは部屋に帰さなければ、同部屋のリゼが心配するだろう。

起こさないよう、温かくて柔らかい身体をそっと抱き上げる。

廊下に出ると、ちょうどリゼがやって来たところだった。

「まあ、ロクさま。シャロットは……」

「寝たよ」

俺の腕で眠るシャロットを見て、リゼは幸せそうに目を細めた。

シャロットをリゼの部屋へ運び、ベッドに降ろす。

愛らしい寝顔を覗《のぞ》き込み、顔を見合わせて笑った。

廊下に出ると、リゼが恥ずかしそうに囁《ささや》いた。

「ロクさま、少し、屈《かが》んでくださいますか？」

「ん？」

言われた通りに屈むと、細い腕が首を抱き寄せ――額にちゅっと優しい感触が触れた。

顔を上げる。真っ赤なリゼと目が合った。

「え、と……あの……」

「よく眠れるおまじない、だよな？」

そう言って目を細めると、リゼはちょっと驚いて、嬉《うれ》しそうに笑った。

「本日はいかがでしたか？　良《い》い一日になったでしょうか？」

「ああ。おかげでまた頑張れそうだ。いつも心から感謝してる」

みんな、いい子たちばかりだ。優しくて明るくて、愛情深く、何の取り柄もない俺を、心から慕ってくれて。

目を伏せ、小さく呟《つぶや》く。

「俺にはもったいないくらいだ」

この子たちにこんなにも穏やかな幸せをもらえるだけの何かを、俺はしてあげられているだろうか。

リゼは俯《うつむ》く俺を見つめていたが、そっと俺に身を寄せた。

「私たちは、ロクさまのように、魔力で癒やすことは出来ませんが、愛を注ぐことはできます。ロクさまが私たちの愛で幸せに満たされてくださるのであれば、これ以上嬉しいことはございません」

深い慈愛を湛《たた》えた宝石《ルビー》のような双眸《そうぼう》が、俺を見上げた。

「みんな、貴方《あなた》に愛されたくて――それと同じくらい愛したくて、ここに居るのです。だからどうか、胸を張って愛されてください。ここは、貴方のための後宮《ハーレム》なのですから」

「……ありがとう」

溢れそうになる愛おしさを言の葉に代えると、リゼは花のように笑った。

リゼと手を振って別れると、夜風に混じる虫の声に耳を澄ませながら、目を閉じた。

――家族を失い、居場所を追われ、一度空っぽになってしまった俺に、温かく尽きることのない愛を注いでくれる少女たち。彼女たちが深く一途《いちず》な愛慕を寄せてくれる度に、大切にしたいと、護《まも》りたいと心から思う。

そっと、熱く熱の灯《とも》った胸を押さえた。

俺に出来ることは、全て捧《ささ》げよう。

君たちが俺を受け入れてくれたように。今度は俺が、君たちの居場所になれるように。

第四章　南国諸島にて

美しく整えられた中庭に、透き通る冬の日差しが降り注ぐ。

後宮の回廊を歩きながら、俺は王宮から上がってきた報告書をめくった。

新たなダンジョンの発生に、魔物の凶暴化。魔族たちの不穏な動きとは裏腹に、魔王の牙城《がじょう》である【瘴気《しょうき》の巣】を監視している偵察隊からは何の報告も上がっていないという。

静けさが不気味だが、瘴気の巣を払う手立てがない以上、手の打ちようがない。

今まで通り、選んだ道の先にゴールがあると信じて、ひとつひとつ出来ることを重ねながら情報を集めていこう。

報告書から目を上げた時、庭のベンチに可愛《かわい》いおだんご頭を見つけた。

「何してるんだ？」

「あっ、ロクちゃん！」

声を掛けると、ティティはさっと何かを隠した。

代わりに、膝に置いていたハンカチを見せてくれる。

「あのね、刺繍《ししゅう》の練習してたんだ！　ちょっと上手になったんだよ、見て見てー！」

「本当だ。青い魚か、綺麗だな」

「でしょっ？　ハンカチを海に見立てたんだよ！　特に尾びれの模様にこだわって……」

嬉しそうな解説に耳を傾けて、穏やかに尋ねる。

「何かあったか？」

「え？」

「元気ないなと思って」

と言うよりも、元気がありすぎる。何か無理をしているような。

ティティは声を失って、それから力なく笑った。

「すごいね、なんで分かっちゃうんだろ」

ティティが差し出したのは、彼女の養父から送られてきたという手紙だった。

「これは……」

ティティの故郷——南国諸島で海が毒されて、人々が次々に病に倒れているらしい。調査隊が派遣されたが、原因は不明。ティティの家族は行商から戻ったばかりで難を逃れているようだが、被害は今も広がり続けているという。

「すぐに行こう」

「でも、ロクちゃん忙しいのに……」

「ティティの笑顔を護るのも、俺の大事な役目だよ」

頭を撫《な》でると、ティティは眉を下げて笑った。


馬車に揺られること十日。

街道の先に広がった青く美しい海に、リゼたちが歓声を上げる。

俺とティティ、リゼ、フェリス、サーニャ、そしてシャロットは、ティティの故郷――

水平線に緑豊かな島々を望む港町、アルカナを訪れていた。

「ここがティティねえさまの故郷……！　海がとってもきれい！　それに暖かいです！」

「王都より、だいぶ南にあるからね！　魚介類とフルーツがおいしいんだよ！　海を越えて、異国の珍しいお菓子とか雑貨もたくさん入ってくるよー！」

ティティの魔力はいつにも増して元気にぴかぴかしている。土地と相性がいいらしい。

「ティティ！」

港町に入ると、大所帯の集団が出迎えてくれた。

「ウォンおじーちゃーん！」

先頭の白髪の老人に飛びつくティティに、笑顔の人々が群がる。

「元気そうだな、お嬢！」

「おかえり、ティティねーちゃん！」

「よく帰ってきたねぇ、疲れてないかい？　今夜は大好物のはちみつパンを焼こうね」

老若男女《ろうにゃくなんにょ》、乳飲み子まで入り交じった、大きな隊商《キャラバン》だ。

ティティは一通り再会を喜び合うと、白髪の老人を俺の元に連れてきた。

「ロクちゃん、これがティティを育ててくれた、ウォンおじーちゃんです！」

「ティティが世話になっております。遠路はるばる、ありがとうございます」

ウォンは海のように青い瞳をした、柔和な老人だった。

「初めまして、ロクです。こちらこそ、ティティにはいつも助けてもらっています」

手を差し出し、握手を交わす。奴隷として売られていたティティを引き取り育ててくれた人の手は、皺《しわ》深い見た目とは裏腹に、がっしりと力強かった。

ウォンの家へ案内される道すがら、日に焼けた屈強な男たちが押し寄せる。

「おうおう、あんたが噂《うわさ》の勇者サマか！　佳《い》い男じゃねぇか！　ティティ嬢ちゃんが後宮なんて、すぐ追い返されるんじゃないかって心配してたんだが、あんたなら任せられそうだ！　嬢ちゃんをよろしく頼むぜ！」

もちろんです、と請け合うと、ティティが嬉しそうにはにかんだ。

ウォンの隊商は、アルカナを拠点に船や馬で旅をしながら、時には辺境の地まで物資を届けるという。隊商全体が強い絆《きずな》で結ばれた、ひとつの家族のようなものだ。ティティがこの屈託なく朗らかな人々にどんなに愛されて育ったのかが伝わって、胸が温かくなる。

「おにーちゃん、ゆうしゃさまなんでしょっ？　かっこいーー！」

「ねえねえ、まじゅつおしえてーー！」

「そうだな。あとで、みんなで練習してみようか」

集まった子どもたちから、わっと明るい歓声が上がる。

リゼたちも大勢の人に囲まれて、「まあまあ、綺麗《きれい》な娘さんたちだねぇ！　長旅で疲れたろう、ほら、持ってお行き！」と果物や雑貨をもらっていた。サーニャはドラゴンフルーツがお気に召したらしく、ご満悦だ。

その時、蒼白《そうはく》な顔をした男が駆け寄ってきた。

「ウォン、息子の容態が悪化した！　このままじゃもたない、解毒《げどく》薬を売ってくれ！」

「今ある薬は、離島の人々の分じゃ。ここには施療《せりょう》院がある、どうにか――」

「島の奴らなんかどうでもいいだろう！　金ならいくらでも出すから、早く……！」

男は言葉半ばに力なくうなだれ、顔を覆った。

「いや、すまん……どうかしていた……」

丸まった背中に声を掛ける。

「俺が行きます。毒が原因なら、力になれるかもしれません」

リゼたちと共に、男の家へ向かう。

玄関をくぐると、心配そうな家族に囲まれて、小さな男の子が寝ていた。

魔力が毒されている。

俺は膝を突くと、「力を抜いて。すぐ楽になるよ」と声を掛けた。オーバーフローしないよう気をつけながら、慎重に魔力を注ぎ込み――やがて、子どもの顔色が戻った。

固唾《の》を呑んで見守っていた人たちが歓声を上げる。

「ありがとうございます！　ああ、なんとお礼を申し上げたらいいか……！」

「勇者さま、うちにもいらしてください！」

「うちにも！　ばあちゃんがもう半月も苦しんでて……！」

一軒一軒家を回って、病人の魔力を浄化していく。

リゼたちも患者の汗を拭き、換気をして寝具を整え、少しでも家族が安心できるよう声を掛けて、忙しく働いてくれた。

「勇者さまがいらしてるらしいぞ。病気を癒やす、奇跡の手をお持ちだとか」

「すると、あれが神姫《じんき》さまかい。ありがたい、ありがたい」

行く先々で人だかりができ、新たな病人の元へ連れて行かれる。床に臥《ふ》した人々は悉《ことごと》く魔力が毒されていた。港に近いほど数は増え、病状は重くなった。

今は『反転《インバート》』と俺の魔力である程度は対処できるが、飽くまで応急処置だ。

原因を探り、根本を絶たなければ。

その日の夜、ティティの養父はぽつぽつと語ってくれた。

「沖合で発生した毒が港に流れ着き、触れた者や魚を食べた物が病に臥せっておる。離島はもっと酷《ひど》いが、猛毒の海域に阻《はば》まれて、必要な物資や薬を届けることができん。さらに悪いことには、解毒薬に必要なオーロラ珊瑚《さんご》も採取できず、薬も底を尽きかけておる。この町には施療院があるからなんとか保たせているが、それも限界じゃ」

薬の価格は吊《つ》り上げられ、老人や子ども、体力のない者から死んでいく。元来明るく朗らかで諍《いさか》いを厭《いと》う南国諸島の人々が、今は薬を求めて相争い、強盗など不法な手段に手を染めるほどに追い詰められているという。

「一体どうして……」

フェリスが呟《つぶや》き、リゼが緊張した面持ちで口を開く。

「これだけの規模です、もしかすると魔族が絡《から》んでいるのでは……」

しかし、ウォンはうなだれて低く答えた。

「水龍の仕業じゃ」

ティティが「えっ」と目を瞠《みは》る。

「でもおじーちゃん、水龍は海の守り神で――」

「そうじゃ。わしらは長い間、そう信じてきた。じゃが、水龍が毒をまき散らし、海を荒らす姿を見たという証言が相次いでおる。水龍を封じなければ、海の平和は戻らん」

「そんな……」

ティティが膝に置いた手をぎゅっと握る。

「明日、船を出す。苦しんでいる人々のために、どうか、力をお貸しくだされ」

悲壮な色を湛《たた》えたウォンの青い目に、俺は頷《うなず》いた。


翌日。

出航の準備が調うまで、リゼたちと一緒に、できる限り病人を診て回ることにした。

一通り治療を終えて港に帰る途中、ティティが立ち止まった。波が洗う岩場を指さす。

「ロクちゃん。あそこ、何か光ってる」

近寄ってみる。岩陰に、青い鱗《うろこ》が見えた。

「魚かしら？」

身を乗り出すフェリスの横で、ティティが息を呑む。

「水龍の子どもだ！」

それは美しい鱗に覆われた龍だった。二本の角と、長いひげ。蛇のように長い胴。陽光に透き通る鱗を見つめて、シャロットが「きれい……」と呟いた。

力なく横たわった身体《からだ》を、ティティがそっと抱え上げる。

「弱ってる……」

俺は水龍の背に手を当てると、魔力を流し込んだ。

やがて、水龍がゆっくりと首を擡《もた》げた。

俺とティティを見上げて、きゅいい、と細い声で鳴く。

「親とはぐれたのでしょうか」

リゼが心配そうにその背を撫でる。

ティティは水龍の子を抱いたままじっと俯《うつむ》いていたが、やがて顔を上げた。

「ロクちゃん。海の毒、水龍の仕業じゃないと思う」

決然と紡《つむ》がれる言葉に、静かに耳を傾ける。

「ティティね、小さい頃に海で溺れて、水龍に助けてもらったんだ。みんな、夢を見たんだって言うけど……」

──生まれ育った海が毒されて、故郷の人々が病に倒れていく。その原因は、かつて自分を助けてくれた水龍だと聞かされて。

深い哀《かな》しみに揺れながら、それでも自分の信じるものを信じようと前を向く少女の頭を、俺はそっと撫でた。

「水龍を探そう。きっと、何か理由があるはずだ」

ティティはくしゃりと歪《ゆが》みかけた顔を擦り、「うん！」と力強く頷いた。

昼過ぎになって、船に乗り込んだ。

白い帆を掲げた巨大な帆船だ。

忙しく働く船乗りに紛れて、水龍の子を抱いたティティが、こっそり船室へ降りる。

俺はその姿を横目に見ながら、積み上げられた箱のひとつを示してウォンに尋ねた。

「あの箱は何ですか？」

「魔石じゃよ。離島の奴らに届けにゃならん」

魔石は、魔力を注ぎ込むことでお湯を沸かしたり灯《あか》りを灯《とも》したりできる、便利な道具だ。生活には欠かせないだろう。

薬や生活必需品が積み込まれ、出航が間近に迫った時、不気味な地鳴りが響いた。

「身を低くして、船縁《ふなべり》から離れるのじゃ！　海に投げ出されるぞ！」

人々が甲板に伏せるのと同時に大地が揺れ、波が立つ。

地震は船を揺さぶり、マストを軋《きし》ませ、数分間続いた後ようやく収まった。

ウォンが「最近多いのう」と白い眉を顰《ひそ》める。

人々が積み荷の無事を確かめる中、リゼが立ち尽くしているのに気付いた。

遠く、北の方角をを見つめる暁色の瞳には、怯《おび》えたような光がたゆたっている。

「リゼ？　どうかしたか？」

「いえ、何でもございません！　私もみなさまをお手伝いしなければ！」

リゼはぱっといつもの笑顔に戻ると、準備を再開した。

「さあ、帆を張れ！　出航だ！」

港に船乗りの胴間声が響き、船が沖へと滑り出す。

ふと、視線を感じて振り返った。

心配そうに船を見送る人々——その中に、黒髪の女がいた。

はっと目を凝らす。

均整の取れた細身の身体に、不自然な程に整った顔立ち。底の見えない鋭い双眸《そうぼう》。

そして何よりも。

(魔力が視《み》えない……コロシアムにいたあの女……──)

身を乗り出した瞬間、女が赤い唇をつり上げ、その姿がふっと掻《か》き消えた。

「……!」

タールのような冷たく重たい視線が、まだ身体に纏《まと》わり付《つ》いている。

俺は静かに、腰に下げた剣《アンベルジュ》の感触を確かめた。

船は波を切って進む。白い鷗《かもめ》が舳先《へさき》に遊び、水面が太陽を反射してきらきらと輝く。船に寄り添うように泳ぐイルカの群れを見て、シャロットが歓声を上げた。猫のように身軽にマストに登って海を見はるかすサーニャを、フェリスがはらはらと見上げている。

俺はティティとリゼと共に、船室に降りた。

「これ、食べられるかな?」

ティティが細かく刻んで練った魚を与えると、水龍の子は嬉《うれ》しそうに食べた。

あっという間に平らげると、今度はきゅうきゅうとか細い声で鳴き始める。

「お腹《なか》いっぱいになったら、お母さんが恋しくなっちゃったかな?」

水龍を抱っこしてあやすティティに、リゼが尊敬のまなざしを送った。

「ティティさま、慣れていらっしゃいますね」

「よく弟たちの面倒を見てたからね。ティティのことも、みんなで育ててくれたから。ちっちゃい子もおおきい子も、泣いたり笑ったりけんかしたり、毎日が大騒ぎだったよ」

懐《なつ》かしそうな笑顔に、リゼが目を細める。

「みなさま仲が良くて、朗らかで、優しくて……とても素敵なご家族ですね」

ティティは誇らしげに笑った。

そして、数時間後。

「この先が、毒に汚染されている一帯じゃ」

ウォンが緊張した面持ちで呟く。

遠く水平線に、水面を覆うようにして濃紫の澱《おり》が蟠《わだかま》っていた。

毒気を孕《はら》んだ風に、サーニャが顔をしかめる。

「風にのって、ここまで届いてくる。かなり強い毒」

船乗りの一人が空を見上げた。

「おかしいな、霧が出てきた」

気付くと、空に白い靄《もや》が掛かっていた。

ふと耳をそばだてる。

「何か聞こえないか？」

潮騒《しおさい》に混じって、遠く声が聞こえる。細く、尾を引くような女の声——

「人魚の歌だ！」

「早く引き返せ！　引きずり込まれるぞ！」

船乗りたちが悲鳴を上げ、船上が一気に慌ただしくなる。

歌は次第に近づき、いつしかはっきりと聞こえるようになっていた。

霧が視界を遮っていく。

「ロクさま」

振り返る。霧の中にリゼが立っていた。

俺が口を開くよりも早く、リゼは俺の胸に柔らかな身体を寄せた。

潤んだ暁色の双眸が、俺を見上げる。

「ロクさま、私、怖いです。なんだか嫌な予感がするのです。逃げましょう。何かも忘れて、このまま二人で」

冷たい手が頬を包んだ。桜色に艶《つや》めく唇が近づいて、甘やかな吐息が触れ——

「君は誰だ？」

「……！」

リゼの姿をした少女の顔が引き歪む。

つり上がった双眸で俺を睨《にら》み付けると、その姿がどろりと溶けた。

幻影は春を迎えた雪のように溶け落ち、やがて見知らぬ少女が現れた。コバルトの右眼《みぎめ》に、シトラスの左眼《ひだりめ》。緑がかった長い髪は濡《ぬ》れて、下半身は美しい尾びれを備えている。

「人魚……──」

勝気な双眸が俺を睨む。

人魚は船縁を乗り越えて、海へ飛び込もうとし──俺はその手を摑《つか》んだ。

「待ってくれ」

振り向いた瞳に、静かに語りかける。

「俺たちを阻《はば》むのには、何か理由があるんだろう？　訳を聞かせてくれないか」

人魚は何もかも見透かすようなまなざしで、じっと俺を見つめ──

「あっ、ロクちゃん！」

霧の中、ティティが駆け寄ってきた。

「ティティ、無事で良かった」

人魚が目を瞠り、「私の歌から、どうやって……」と、水鈴のような声を零《こぼ》す。

「すごくいい夢を見てた気がするんだけど、この子が起こしてくれたの」

ティティの頰を舐《な》めて、水龍の子が鳴いた。

人魚はティティの腕に抱かれた水龍へ、驚いたような視線を注いでいる。

「俺はロク。君の名前は？」

「……スピカ」

オッドアイの人魚──スピカはそう言って、船縁へ伸び上がった。

「……私に付いてきて下さい」

「でも、リゼたちは──」

「大丈夫。今は眠っていますが、ほどなく起きるでしょう」

濡れた手が、俺とティティに蒼《あお》い小瓶を差し出す。

「これをお飲み下さい。人魚の秘薬です。一定期間、深海に適応できます。毒も、ある程度までは防げるでしょう。──水龍は、海の底です」

ティティと二人、青く透き通る海の底を歩く。

「わあ、水の中なのに息ができるし、声も出せる！　不思議な感じだね！」

ティティに抱かれた水龍に、鮮やかな魚たちが興味深そうに集まってきた。

「ここから少し暗くなります、お気を付けください」

イソギンチャクの森を抜け、巨大な珊瑚《さんご》のトンネルを通り抜ける。

貝殻の灯火を掲げて先を泳ぐスピカは、ひどく急いでいるように見えた。美しい尾びれが幻影のように揺れる。

次第に水が濁ってきた。進むにつれて、生き物の気配も途絶えていく。

やがてたどり着いた、暗い海の底。

岩と岩の間に身を押し込めるようにして、巨大な龍が蹲《うずくま》っていた。

ティティが「水龍……」と掠《かす》れた声で呟《つぶや》いた。

くらげの淡い光が辺りを照らし、大勢の人魚たちが忙《せわ》しなく泳ぎ回っている。

「スピカ、この方々は？」

「人間です。水龍の子を保護してくださいました」

人魚たちが驚いたように俺たちを見つめる中、水龍の魔力に目を凝らす。

蛇のような胴体に巡るのは、透き通る紫の魔力――毒属性だ。

毒属性そのものは、発現するのは極めて希《まれ》ではあるものの、人間や他の生き物にも一定数存在する。毒も自然の一部だ。ただ、その魔力回路は瘴気《しょうき》に蝕《むしば》まれていた。

スピカが目を伏せる。

「水龍は太古の昔より、この海域周辺の魔物を喰《く》らい、瘴気を呑《の》み、自らの魔力へと変換することで、海の平和を護《まも》っていました。けれどある日突然魔力が暴走し、毒を吐いて海

を汚染するようになったのです。今は私たちの歌で眠らせていますが……」

苦しげに上下する水龍の背に、ティティがそっと手を当てた。

「苦しんでる……ずっと、海を護ってくれてたんだね」

水龍の子どもが、親に鼻をすり寄せる。

水龍が低く呻《うめ》いた。瘴気に毒された魔力回路が濁り、不穏に蠢《うごめ》き始める。

「いけない、水龍が目覚めます！　離れて……！」

人魚たちが細く高く、子守歌を歌う。

しかし水龍は絡《から》みつく拘束を振りほどくようにして首を擡《もた》げた。

鱗《うろこ》に覆われた瞼《まぶた》が開き、不気味な光を帯びた双眼が現れる。

長い喉《のぞ》が仰《の》け反り、地に響くような咆哮《ほうこう》を轟《とどろ》かせた。

激しくのたうつ尾が岩を砕いて、人魚たちの悲鳴が渦巻く。

「だめ、私たちではもう押さえられない……！」

ティティを背に庇《かば》って、水龍の魔力へ意識を集中する。

水龍は苦しげに身悶《みもだ》え、岩に身体《からだ》を打ち付けた。食い縛った牙の間から、毒が漏れ出て海中へ溢《あふ》れ出す。

（魔力が暴走してる――いや、誰かにそう仕向けられている？）

何者かが水龍の魔力回路を喰い散らし、毒を振りまく化け物へと変貌させている。生き物の在り方を歪《ゆが》め、根本から作り替える禁呪。こんなことが可能なのか。

こみ上げるおぞましさを噛《か》み潰し、低く静かに呼びかける。

「こっちだ」

ぎらぎらと底光りする双眸《そうぼう》が、俺を捉えた。

水龍は鋭い牙を剝《む》き出し、俺に喰らい掛かろうと唸《うな》りを上げ——

射殺すようなその視線を、真っ向から受け止めた。

水龍の動きが止まる。

人魚たちがはっと息を呑んだ。

瘴気が巣喰《すく》う魔力回路、その奥深く。水龍の魔力を蝕み、操っている魔族と睨み合う。

視線が重たい圧となってぶつかり合った。

まばたきすら赦《ゆる》されない、危うい均衡。

水龍が微《かす》かに身じろぎする。

ほんの僅かに圧が緩んだ瞬間を逃さず、俺は水龍へ手をかざし——水龍がゆっくりと首を下げ、海底に伏せた。

その額に手をあてがう。

「魔力回路をこじ開ける。辛《つら》いだろうが、耐えてくれ」

低い唸りに頷《うなず》いて、俺はスキルを起動した。

「『反転《インバート》』！」

水龍が絶叫を上げてのたうつ。ばちばちと激しい火花が弾《はじ》けて岩が崩れ、人魚たちが悲鳴を上げた。

暴れ狂う水龍を押さえ込みながら、魔力回路に深く根を張った瘴気を取り込み、浄化していく。

そして。

海底に横たわった水龍が目を開いた。

穏やかに俺を見つめる双眸は、透き通るような青を湛《たた》えていて。

人魚たちが歓喜の声を上げる。

ティティが、抱いていた水龍の子をそっと親の元へ差し出した。

子どもは水龍の頰に身体をすり寄せ、水龍も優しく応えた。立派な角に巻き付いて、水龍の子がティティに向かってくるるる、と喉を鳴らす。

感謝するように鼻先を擦《なす》りつける水龍に、ティティはくすぐったそうに笑った。

「覚えてるかな？　昔、ティティを助けてくれたんだよ。あの時はありがとう」

安堵《あんど》の息を吐く俺を見ながら、スピカが呆然《ぼうぜん》と呟いた。

「他者の魔力に干渉し、そればかりか瘴気を払うなんて……あなたは一体……」

「ロクちゃんは勇者なんだよ」

誇らしげなティティの言葉に、スピカが息を呑む。

人魚たちが涙ぐみながら俺の手を握った。

「貴方《あなた》こそ、まさに私たちが待ち焦がれた、救世の英雄。本当にありがとうございます」

水龍は魔族の支配から解放されたが、まだ問題は残っている。

「解毒《げどく》薬の材料を——オーロラ珊瑚を採りに行きたいんだ」

しかし、スピカは首を振った。

「まだ、海は毒されたままです。浄化されるまでには、長い時間が掛かります。オーロラ珊瑚の海域を侵す毒は、あまりに濃い。しばらくは近付かない方がいいでしょう」

毒に淀《よど》んだ深海を見渡す。

『反転《インバート》』は、海や大気といった広範囲の浄化はできない。何か方法を考えなければ……

「あれ、なんかちょっと、苦しくない？」

ティティが首を傾《かし》げ、スピカがはっと口を押さえた。

「いけない、そろそろ薬の効果が切れます！」

「⁉」

慌てふためいていると、ぐい、と背中を押された。

「うわ！」

水龍が俺とティティを頭に乗せ、水面を目指して泳ぎ始める。

やがて海上に顔を出した俺たちを、リゼたちが涙ながらに迎えてくれた。

「ああ、ロクさま、ティティさま！　ご無事で良かった！」

「心配させてごめん。みんな、異常はないか？」

船に上がった俺に、フェリスが「ええ」と頷く。

水龍は俺とティティに頬をすり寄せ、海へ潜っていった。

船乗りたちが呆然と呟く。

「水龍が、人間に懐《なつ》くなんて……」

「水龍は海を護ってくれていたんだよ」

驚く船乗りたちに、ティティが懸命に説明する。

「毒を撒《ま》いたのは、魔族に操られていたせいなの。苦しんでいた水龍を、ロクちゃんが助けてくれて……」

「なんと、そんなことが……」

ウォンたちが驚愕《きょうがく》と感嘆を込めて俺を見つめる。

「でも、海の毒はまだ消えていません。浄化する方法を探さないと……――」

遠く、毒に染まった海域に目を馳《は》せた時。

『まさか、我が支配を解くとはな』

氷のような声が響く。

弾かれたように振り返った先、宙に女が浮かんでいた。

長い黒髪に、おそろしく整った顔立ち。底知れない不気味さを孕《はら》んだ双眸。

――港にいた、あの女だ。

「……魔族か」

禍々《まがまが》しいほどに赤い唇から、鋭い牙が覗《のぞ》く。

『その通り。我が名は倨傲《きょごう》のガルディオ。魔王様の側近が一人』

「……！」

ティティがウォンを背中に庇い、リゼたちが身構える。

俺は祝福の剣《アンベルジュ》に手を掛けた。

「コロシアムを裏で牛耳っていたのもおまえか」

『あれは佳《よ》い見世物だった。無様で醜悪、他者を蹴落として、必死に刹那の生にしがみつく。貴様ら人間の縮図のようだったな。楽しませてもらったよ。今回も水龍や人魚を巻き込んで、おもしろい余興《もの》が見られるかと期待したのだが……興が削《そ》がれた』

血のように赤い双眸が横へ滑り、リゼを捉えた。

『お前が開闢《かいびゃく》の花嫁か』

びくりと肩を竦《すく》ませるリゼに、ガルディオは面白そうに目を細めた。

『人の身でありながらよくぞそこまで魔を育てたものよ。皮肉だな。その清らかで愛深き魂こそが、混沌《こんとん》を産む土壌となる。魔を引き入れたおまえの弱さが、世界を滅ぼすのだ』

「なに、を……」

身を強《こわ》ばらせるリゼを、冷たく粘るまなざしが絡め取る。

『恐れることはない。直に全てはひとつになる。還《かえ》ろう、共に魔王様《あの御方》の元へ』

白く細い手が、ゆっくりとリゼへかざされ——

俺は剣を抜くや、光刃を放った。

魔族の首元に迫った閃光《せんこう》が、腕のひと振りであっさりと弾かれる。

海に、不気味な哄笑《こうしょう》が轟いた。

『どんなに足掻《あが》こうと意味はない！　既に時は満ちた、もはや全ては遅いのだ！　さあ、今こそ芽吹くが良《い》い、魔の種子よ！』

ガルディオが指を鳴らす。

リゼの周囲に黒い霞《かすみ》が立ち上った。

「あ、あ……」

リゼが蒼白《そうはく》な顔で立ち尽くす。その身体から黒い火花が散り、禍々しい漆黒のアザがぞろりと肌を這《は》い上がった。

「リゼ！」

「ああ……！　いや、いやです、私……っ！」

リゼは腕を抱きながら身を震わせ——その身体を包むように、黒い炎が噴き上がった。

「リゼねえさま！」

駆け寄ろうとするシャロットへ、炎に巻かれたリゼが手をかざした。漆黒に染まった腕から、黒い炎が迸《ほとばし》る。

「シャロット！」

渦巻く黒炎からシャロットを抱き寄せ庇う。腕に灼熱《しゃくねつ》の痛みが走った。

「ロクにいさま！」

蒼白になるシャロットを抱いて跳び退《しさ》る。爪先を掠《かす》めて、黒炎の矢が甲板を穿《うが》った。

漆黒に燃える炎の奥、暁色の瞳が、俺を捉える。

「フェリス、シャロットを頼む！」

シャロットを託すと同時、腕に炎を纏《まと》ったリゼが一気に肉薄した。

繰り出された爪を、咄嗟《とっさ》に腕で受ける。

「ッ、く……！」

黒い炎が肌を灼《や》く。長く伸びた爪が皮膚に食い込み、血が飛沫《しぶ》いた。

「う、ぁ、ヴぅヴ……！」

血の色に染まった双眸が俺を睨《にら》む。

俺は歯を食い縛りながら魔力を練った。

『大鹿の首《アクリス》』で得たスキルを『反転《インバート》』と組み合わせ、叩《たた》き付ける。

「『威圧《スタン》』！」

「っ、ぁ……」

リゼの瞳が揺れ、ふっと力を失った。

甲板に倒れ込もうとした身体《からだ》を受け止めると同時に、瘴気《しょうき》が抜け出る。

気を失ったリゼに、シャロットが「ねえさま！　ねえさま！」と縋《すが》り付いた。

睨み上げる俺を見下ろして、ガルディオが忌々《いまいま》しげに口を歪める。

『我が瘴気を祓《はら》うか。その力、早々に潰しておいた方が良さそうだ』

地を這うような呻《うめ》きと共に、その身体が膨れあがった。

長い髪は不気味な海蛇へと変じ、血の色の瞳が嗤《わら》う。黒い肉がぼこぼこと沸騰を繰り返しながら膨脹し、マストを超えて、なお高く空を覆う。巨大な上半身を支えるのは、軟体生物を思わせる八本の触腕——

空を背負った黒い巨体を見上げて、ウォンが呻く。

「クラーケン……！」

轟《とどろ》くような哄笑が海上を渡る。暗雲が立ちこめ、黒い雷嵐が渦巻いた。横殴りの風が吹き付け、荒ぶる波に船体が傾く。

「ティティ、みんなを船室へ！」

「うん！」

ティティがウォンや船乗りたちを中へ誘導し——行く手に触腕が振り下ろされた。

甲板が割れ、悲鳴が渦巻く。

太い触腕に巻き付かれた船体が軋《きし》みを上げた。

『さあ、混沌の母胎を寄越せ。今こそ、真の楽園への扉を開くのだ』

リゼへと伸ばされた触腕を、祝福の剣《アンベルジュ》で両断する。

しかし斬り落とされた腕を瞬《また》く間《ま》に再生させて、ガルディオが嗤った。

『何を恐れるのだ。世界が混沌に還れば、久遠《くおん》の安寧が訪れる。老いもなく、病もない世界。瘴気もエーテルも、海も大地も、我らもお前たちも、元はひとつだったのだから』

数多《あまた》の触腕が船へと這い上がり、絡《から》みつく。

「『雪花氷《フローズン・タイト》』！」

シャロットが魔術を放ち、数本の触腕が凍り付いた。

その一瞬を狙って、サーニャが短剣を投擲《とうてき》する。

「『星廻輪舞《エトワール・ロンド》』！」

短剣に切り刻まれて、肉の破片がぼとぼとと甲板に落ちる。

「『雷牙一閃《ヴァジュラ・エインガー》』！」

フェリスの剣閃《けんせん》が翻《ひるがえ》り、サーニャの背後に迫っていた腕を八つ裂きにした。

しかしどんなに斬り落としても、新たな触腕が現れては立ち塞がる。

俺は無限に再生する腕を斬り払いながら呻いた。

ガルディオの魔力回路が——核が視《み》えない。

『苦しみ、のたうち、怯《おび》え、泣き叫べ！　お前たちの痛み、絶望、憎悪《ぞうお》こそが、魔王様への極上の供物《くもつ》となる！』

マストが折れ、帆が切り裂かれる。触腕に抱かれた船体がみしみしと悲鳴を上げ——海中から躍り上がった水龍が、その腕を噛《か》み千切った。

『チィッ！』

再び牙を向けようとした水龍にぬめる腕が絡み付き、締め上げる。

水龍は苦悶《くもん》の咆哮《ほうこう》を上げながらもガルディオに喰らい付いた。

骨の軋む音が響く。ティティがガルディオの頭へ弓を向けた。

「水龍を放せ！『流星矢《ステラ・グランツ》』――」

矢を放つ直前、ガルディオが身を捩《よじ》り、射線上に水龍を突き出した。

「っ！」

ティティが動揺し、魔術が掻《か》き消える。その頭上に触腕が迫った。

「ティティ！」

ティティを抱いて伏せさせた直後、巨大な質量が轟音《ごうおん》と共に甲板を叩き潰した。

「ごめん、ロクちゃん……！」

「いい、立てるか？」

嵐が吼《ほ》える。横殴りの雨が噴き付け、雷鳴が轟く。

不気味に光る両眼が俺とティティに狙いを定め――その身に果物がべちゃりと弾《はじ》けた。

「わしらのティティに何をするんじゃ、化け物め！」

「武器を持ってこい！　勇者さまを、嬢ちゃんたちを護《まも》るんだ！」

ウォンたちが積み荷の食料や雑貨、魔石をあらん限りの力で投げつける。

『ええい、邪魔だ！』

ガルディオが鬱陶しそうに触腕を振り上げ――

「『言霊《オーダー》』、弾け飛べ！」

俺は魔石目がけて、魔力の圧を飛ばした。魔力を浴びた魔石が一気に破裂《ブレイク》する。

『グウウウゥッ⁉』

触腕の拘束が緩んで、水龍が海中へと逃れた。

ガルディオの赤い瞳が燃え上がる。

『この虫けらどもがァァアアアッ！』

「おじーちゃん！　みんな！」

振り上げられた触腕が、唸《うな》りを上げてウォンたちに迫る。

俺が剣を振り抜くよりも早く、

「『炎魔壁《フレイム・シールド》』！」

炎の壁が触腕を阻《はば》む。

ティティがはっと息を呑《の》んだ。

「リゼちゃん……！」

甲板に倒れたリゼが、肩で息をしながら魔族を睨み付けていた。

『貴様……！』

ガルディオが忌々しげに顔を引き歪《ゆが》める。

俺はその隙を狙って、祝福の剣《アンペルジュ》を振り抜いた。

白銀の魔力がガルディオの胸を裂き、肉が吹き飛ぶ。

『ぐぅ、ぅっ……！』

抉《えぐ》れた肉を見て、サーニャがはっと身を乗り出した。

「核、みえた！　胸の奥！」

しかし、たちまち周囲の肉が再生して核を覆い隠す。

『その程度でこのガルディオを倒せると思うてか！　貴様ら全員嬲《なぶ》り殺してくれるわ！』

触腕が激しくのたうち、船を揺さぶった。

猛《たけ》る触腕を薙《な》ぎ払いながら、「ティティ」と魔族を睨み付ける少女の名を呼ぶ。

「俺が核を引きずり出す。止《とど》めを頼んでもいいか」

ティティがはっと俺を見上げた。蒼《あお》い瞳が、恐怖と不安で揺れている。

恐らくチャンスは一瞬だ。荒波がうねる戦場で、その一瞬を射止めるのは奇跡に近い。

だが。

「大丈夫、ティティなら出来るって、信じてる」

——水龍を信じ抜いた君のように。

ティティは俺を見つめ返し、しっかりと頷《うなず》いた。

荒れ狂う嵐の中、ガルディオが哄笑《こうしょう》を響かせながら船を抱き込む。

『無は救い！　終焉《しゅうえん》こそが福音！　苦しみや絶望が深いほど、救いはより一層甘美になる！　惨《みじ》めにのたうちながら、魔王様の慈悲を請《こ》え！』

吹きすさぶ風雨に首を擡《もた》げ、その巨体を睨み据える。

俺は『強脚《アクセル・ギア》』を発動すると、弓を構えたティティに吼えた。

「行くぞ！」

「うん！」

俺は甲板から身を躍らせると、ガルディオの触腕を駆け上がった。

風を切って襲い来る攻撃をくぐり抜け、唸る触腕を薙ぎ払いながら、遥《はる》か高みに聳《そび》える上半身を目指す。

『思い上がるなよ、ちっぽけな人間如《ごと》きが！　その肉体、海の藻屑《もくず》にしてくれよう！』

血のような双眸《そうぼう》が俺を捉えた刹那、人魚の歌が響いた。

触腕の動きが緩み、再生が遅くなる。

『ええい、耳障《みみざわ》りな！　やめろ、やめろォオオオ！』

胸に迫る俺目がけて、ガルディオはがむしゃらに触腕を振り下ろした。

「『空中舞踏《スカイ・ドライブ》』」

攻撃の全てを躱《かわ》すや、大きく踏み込んで跳躍、祝福の剣《アンベルジュ》を振りかぶった。

「おおおおおおおおおおおおおッ！」

胸元に剣を突き立て、縦に斬り裂く。

『ぐ、あああああああああああッ！』

黒い肉が割れ、核が露出した。しかし。

『無駄だと何度言ったら分かる！』

触腕が俺を引き裂こうと絡み付き、核の周囲の肉が再生しようと蠢《うごめ》く。

「ティティ！」

うねる触腕を振りほどいて、俺は遥か船上で待つ少女の名を叫んだ。

◆　◆　◆

勇者の背中が遠ざかる。天を衝く怪物を目指して。

荒れ狂う船上で、ティティは神器《弓》を握り締めた。

この母なる海が、南国の太陽が、明るく朗らかな人々が、自分を護り、育ててくれた。

まだ小さくて、海でひとりぼっちで溺れていた自分を、水龍が助けてくれた。

「今度は私が助ける番なんだ……！」

強く優しい勇者《あの人》が、自分を信じてくれた。

揺れる海上、強大に聳える敵を睨《にら》み上げる。ただ一張りの弓を手に。

遠く、声が響く。命を抱く海に掛かる、淡く輝く朝靄《あさもや》にも似た、おおらかな声が。

【夜と朝が交錯する、刻の狭間《はざま》。大いなる海が抱く、刹那の静寂。魂は研ぎ澄まされ、放った光は天までも届く。我が名は朝凪《あさなぎ》。遥《はる》かな海を渡り、彼方《かなた》の勝利を撃ち抜くもの】

全身が熱く熱を帯びた。

血が巡り、魔力が溢《あふ》れる。

「神器解放！『朝凪の弓《レンビリオン》』！」

右手に、魔力の矢が現れる。

蒼い弓《神器》に、眩《まばゆ》く輝く光の矢を番《つが》えた。

雷鳴が咆哮し、突風が渦巻く。

唸りと共に襲い来る触腕を、フェリスたちが防ぎ、退ける。ウォンや船乗りたちが武器を手に、恐れ気無く魔族に立ち向かう。人魚の歌が響き、遠く、水龍の咆哮が轟《とどろ》いた。

冴《さ》え冴《ざ》えと澄み渡った脳裏に、勇者の教えが蘇《よみがえ》る。

『呼吸を深く。敵をよく見て。みんな絶対に君を信じて持《も》ち堪《こた》えてくれる。大丈夫、絶対に当たる。必ず君の狙い澄ました一射が戦況を覆《くつがえ》す、その時が来るのを待つんだ』

張り詰めた弦《つる》がぎしりと軋《きし》んだ。

唸る風の中で睨み据え、待つ。その刻を。

嵐渦巻く戦場で、全ての音が凪《な》ぐその一瞬を。

「おおおおおおおおおおおおッ！」

天を突く雄叫《おたけ》びと共に勇者が振り下ろした剣、その刀身が、魔族の肉を切り裂いた。

「こ、ここ！」

指先まで巡ったエーテルが膨れ上がる。

全ての音が遠ざかり、心が静かに凪いでいく。

訪れた静寂の中、ただ一点を睨み据えて、叫えた。

「この一射に賭ける！『明鏡蒼射《レイド・スナイプ》』！」

引き絞った弦から、魔力の矢が放たれる。

入り乱れる戦場を切り裂いて、青い光が一直線に駆けた。

必中必殺の一矢《いっし》。勝利を撃ち抜く閃光《せんこう》。

「届けええええええええっ！」

空を駆け抜けた眩《まばゆ》い矢が、狙い違わず、魔族の核を打ち砕いた。

◆◆◆

蒼い光が奔《はし》った。

ぼこぼこと沸き立つ黒い肉が、核を覆い隠そうとした、寸前。

ティティの放った光の矢が俺の横を掠《かす》め、剝《む》き出しの核に突き立った。

『ア、ア、アアアァアァア、アア――――――――ッ！』

恐ろしい絶叫が海を渡る。

触腕がのたうちながら腐り落ち、ガルディオの全身がどろりと溶けた。

『この人間ごときがァァアアア！　呪ってやる、呪ってやる、呪ってやるぅぅううう！』

天に轟く呪詛《じゅそ》と共に、溶けかけた肉体が凄《すさ》まじい瘴気《しょうき》を噴き上げる。

海に落ちた肉片が毒と化して水面を染め、噎《む》せるほど濃い毒霧が大気へ広がっていく。

「ッ、く……！」

呼吸さえままらない瘴煙《しょうえん》の中、俺は崩れゆく核に手を突っ込むと魔力を吸い上げた。

（この力を、トレース、出来れば……っ！）

海へと崩れ落ちながら、ガルディオはひび割れた哄笑を上げる。

『はは、ははは！　無駄だ無駄だ無駄だ！　魔王様の復活は間近！　貴様らのちっぽけな喜び、希望、絆《きずな》！　すべては混沌《こんとん》へと融《と》け消えるのだ！　万物は我らの手に！』

やがて呪いにも似た毒霧を残して、その姿は完全に腐り落ちた。

「か、ッは……！」

凄まじい濃度の毒に肺が焼ける。

俺は海へと落ちながら、毒霧に覆われようとしている船へ手をかざした。

ガルディオからトレースした『毒霧』に『反転』を乗せて、放つ。

「『反転《インバート》』！」

大気に白銀の光が迸《ほとばし》った。瘴気が消し飛び、海に重たく蟠《わだかま》っていた毒が蒸発する。

「は……」

霞《かす》む目に、海の青さが眩《まぶ》しい。

水面に落ちる寸前、柔らかく身体《からだ》を受け止めるものがあった。

「水龍……」

水龍は俺を頭に乗せると、船へ降ろしてくれた。

「ロクちゃん！」

胸に飛び込んできたティティを抱き留める。

「ティティ、よくやってくれた」

この小さな身体で、あの強大な魔族を射貫いてくれたのだ。

愛おしさを込めて強く抱き締めると、ティティは嬉《うれ》しそうに笑った。

フェリスたちの無事を確認する。

甲板に座り込んだリゼが、シャロットを抱き締めて泣いていた。

「シャロット、ごめんなさい、私、なんてことを……！」

「いいのです。ねえさまがご無事で、シャロはうれしいです」

膝を突き、そっと声を掛ける。

「リゼ、大丈夫か。手荒くしてごめん、どこか痛いところは……」

リゼはくしゃりと顔を歪めて俺を見上げた。

「ロクさま、申し訳ございません、私……！」

俺に縋《すが》ろうとした手が、はっと躊躇《ためら》う。

その目に映るのは、俺の腕に刻まれた、焼け爛《ただ》れた傷——

俺は痛みに構わず、その身体を抱き締めた。

「っ……ぁぁ……！　ごめんなさい、ごめん、なさい……！」

「いいんだ。リゼが無事で良かった」

腕の中で震える背中を、俺は飽かず撫《な》で続けた。


マストが折れ、中破した船を、水龍と人魚たちが港まで運んでくれた。

「水龍！　それに、人魚まで！　本当にいたのか……！」

港で出迎えてくれた人々が目を丸くしている。

去り際、人魚たちはありったけのオーロラ珊瑚《さんご》を手渡してくれた。

これで解毒《げどく》薬が作れると、ウォンたちが喜び合う。

「それと、勇者さまへ、これを」

スピカがきらきら光る何かを差し出す。それは透き通る石が付いたネックレスだった。

「これは『水天の輝石』。魔力《パス》を繋《つな》いだ相手と五感を共有することが出来ます。視覚も、聴覚も、痛みさえも。ただ、使用者《あなた》に多大な負荷が掛かります。どうかお気を付けて」

「ありがとう、でも……」

大切な宝物ではないのだろうか？

スピカは俺の心を読んだように笑った。

「与えることも、受け取ることも、同じくらい大切なことです。あなたが今まで救ったたくさんの人が、あなたに力を貸してくれるでしょう。どうか受け取って」

俺が頷《うなず》くと、スピカは伸び上がり、そっと首に掛けてくれた。

「忘れないで。一度結ばれた絆《バス》は、目に見えずとも繋がっています。たとえ遠く離れても、お心はいつも側に」

水龍が、俺とティティに頬をすり寄せる。

手を振って、海へ帰っていく水龍と人魚たちを見送る。きゅいきゅいと嬉しそうな水龍の子どもの声が、いつまでも響いていた。

青く煌《きら》めく海を見はるかす。

奏が授けてくれた『反転』と、魔族《ガルディオ》からトレースした『毒霧』の力。

（この力があれば、【瘴気の巣】を払えるかもしれない……）

時は満ちたというガルディオの言葉が耳に蘇る。

近付く決戦の予感に、遠く北の空へと目を馳《は》せた時、ティティの弓が眩く輝いた。

「わ！」

青い光と共に、美しい女性が現れる。

女性は胸に手を当て、流れるような仕草でお辞儀をした。

「千年の長きに亘り、再来をお待ちしておりました、我らが主君。『朝凪の弓《レンビリオン》』、ここに。海よりも深い忠義をもってお仕えすることをお約束いたします」

朝凪の弓に宿った初代神姫《じんき》は、長い銀髪をきっちりと結い上げ、片眼鏡《モノクル》を掛けた長身の女性だった。ほっそりとした身体に、すらりと伸びた四肢。無駄のない仕草と、身体にフィットするタイトなローブが、敏腕な雰囲気を醸《かも》し出している。

「力を貸してくれてありがとう。どうぞ、よろしくお願いします」

朝凪の弓《レンビリオン》は俺に深々と一礼すると、ティティを振り向いた。

目をきらきらさせているティティに片目を瞑《つぶ》る。

「やあ、ボクのキュートなティティどの。この朝凪の弓《レンビリオン》、どんなに入り乱れた戦場でも百発百中、スマートな勝利を約束しよう」

「頼りにしてるよ、相棒っ！」

ティティと初代神姫は、軽やかなハイタッチを交わした。

歓喜の声を上げる町人の中から、ウォンが進み出る。

「本当にありがとうございました。あなたがたのお陰で、多くの人が救われました。皆さまの旅路が幸福と笑顔に彩《いろど》られたものであることを、心より祈っております」

ウォンは俺と握手を交わすと、ティティと抱擁した。

「元気でな、ティティ。また、顔を見せに来ておくれ」

「うん！　おじーちゃんたちも元気でね！」

隊商や町の人たちに見送られて、港町を後にする。

輝く海を背に、人々はいつまでも手を振っていた。

「ロクちゃん」

晴れ渡った蒼穹《そうきゅう》の下、御者台の隣に座ったティティが、手綱を握る俺を見上げる。

「ティティね、やっとみんなに恩返しができたよ」

小さなぬくもりが、肩に寄りかかった。

「大好きなみんなを護《まも》ってくれて――護る力をくれて、ありがとう」

大切な贈り物のようにそっと告げられた言葉に、俺は目を細めた。

後宮に戻った日の夜。

みんなが寝静まった頃、俺はそっとリゼの部屋をノックした。

「リゼ、いるか？」

扉がゆっくりと開いて、驚いた様子のリゼが現れる。

「ロクさま……」

「夜遅くにごめん。良かったら少し、歩かないか？」

二人、月夜の庭を歩く。

夜の帳《とばり》が降りた庭はしんと冷え、月が冴《さ》え冴《ざ》えと輝いている。

ふと、一本の木の前で立ち止まった。

「ここで、リゼと出会ったんだよな」

初めて出会った時、リゼは木に引っかかった精霊獣の子どもを助けようとして、降りられなくなっていた。

リゼが恥ずかしそうに俯《うつむ》く。

「ロクさまが助けてくださらなかったら、どうなっていたか」

「それは俺の台詞《せりふ》だ」

不思議そうなリゼに笑いかける。

「あの時、リゼに出会えて良かった。リゼが受け入れてくれたから、俺は勇気を持って踏み出すことができたんだ。今の俺があるのは、リゼのおかげだよ」

出会ったばかりの俺を心から心配し、温かく迎えてくれた少女。

その笑顔に支えられて、俺は今もここに立っている。

リゼは俺を見上げたまま言葉を失い——その瞳から、ぽろりと涙が零《こぼ》れた。

俯くリゼの頭を、そっと撫でる。

「……本当に、申し訳ございません……っ」

焼け焦げた船上で幾度となく口にした言葉を、リゼは涙を孕《はら》んだ声で告げた。

「私、ロクさまを傷付けて、みなさまを危険に晒《さら》して……シャロット、を……」

ずっと自分を責め続けていたのだろう。

リゼは身体を丸めると、自分の腕に爪を立てた。

「私、自分が怖いです……また、大切な人たちを傷付けてしまうのではないかと……」

背中に刻まれた漆黒のアザを、月明かりが照らす。

幼い頃からリゼを苦しめてきた力。『反転《インバート》』でも引きはがせないほどに深く根付いてしまった呪いが、今もまた、リゼを苦しめている。

「私、誰も傷付けたくない、のに……こんな力、もう……！」

掻《か》き消えてしまいそうに小さな声。まるで生まれてきてしまったことを悔いるような、自分の存在さえ消したがっているような。

「リゼ」

きつく腕を抱く手をそっと取る。

震えるまつげの奥を、まっすぐに覗《のぞ》き込んだ。

「初めて出会った時、君の瞳を綺麗《きれい》だと思った。それは今も変わらない」

リゼがはっと目を見開く。

かつてはシャロットと同じ、はしばみ色だったという瞳。魔の種子を植え込まれてから、まるで魔族のように赤く変じたという双眸《そうぼう》。

けれど、生まれて初めて見たその瞳の色を、俺はどんな宝石よりも美しいと思った。

みんなの魔術を合わせて、大輪の花火を打ち上げたあの日、リゼの瞳が夜空の輝きを映して、きらきらと輝いていたのを覚えている。

「俺に勇気をくれたのは君だ」

俺は元来臆病で、どこにでもいるような、凡庸な人間だった。欲しいものなんかなくて、どんなに努力したって報われることはなくて、心から安心できる居場所なんてどこにもなくて。ただ命をすり減らしていくだけの日々が続いて行くのだと思っていた。

けれど。

「君が踏み出す勇気をくれた。どこにも行き場のなかった俺に寄り添い、支えてくれた」

君と旅を重ねて、多くの美しい景色を見た。たくさんの人と出会った。

時に困難な旅もあった。膝を突きそうになる戦いもあった。それでも今日まで歩み続けて来られたのは、帰る場所があったから。みんなと笑い合える居場所を、生きる意味を、君がくれたから。いつでも君が笑顔で迎えてくれたから。

「後宮《ここ》に来て、大切なものができた。護りたい人たちと出会えた。全部、君がチャンスをくれたんだ。大切な君を、君たちを。幸せにしたい」

どうしたら伝わるだろう。どうか伝わって欲しい。そう願いながら、わななく背中を優しくさする。柔らかな魂《心》を蝕《むしば》む不安や孤独、恐怖。その全てを溶かしてしまえるように。

「俺がいる。リゼの笑顔を護りたい――いや。笑顔も、涙も、怒った顔も。君の全てを護ってみせる。俺の全てを懸けて」

だからどうか、自分を呪わないで欲しい。自分が世界でたった一人の、掛け替えのない大切な存在だということを、忘れないで欲しい。

「……っ」

星を宿した双眸が熱く潤む。

溢《あふ》れる涙を拭う俺の手に、リゼは濡《ぬ》れた頬をそっと寄せた。

「ロクさまの手は、なぜこんなにも温かくて優しいのですか？　私とは違う、逞《たくま》しくて、大きな手。みんなを護り、導いてくださる手。私たちを幾度も救ってくださった手……」

寄る辺ないおさなごのような、か細く震える声に胸が痛む。

幾度も絶望に手折られて、その度にひたむきに前を向き、強く美しく咲き誇ってきた、花のような女の子。危ういほどに優しく、愛情深く、相手に心を寄せ、柔らかく迎え入れる。人の身には余るはずの、魔の力さえも――

「……――」

ふと。

閃光《せんこう》に似た予感が胸に兆《きざ》した。

（リゼに深く根付いた魔の種子……幼い頃から共にあった呪い……魔力を取り込み力にする剣《アンベルジュ》に、全てを修めた者だけが使える古代魔術……――）

脳裏で、抜け落ちたピースが音を立てて嵌《は》まっていく。

「……ロクさま、私……もう、このまま――」

俺の胸に身を寄せて、リゼが小さく呟《つぶや》いた、その時。

ドッ、と、地面が揺れた。

悲鳴を上げるリゼを抱き、身を低くする。

これまでとは一線を画する、まるで地の底で巨獣が身震いするような不気味な鳴動。

「今のは……」

胸が不穏に轟《とどろ》く。世界の根幹を揺るがす事態が起きていると、直感が告げていた。

「一度、中に戻ろう」

「あ……」

追い縋《すが》るように宙を泳いだリゼの手を取り、後宮へ戻る。

回廊には明かりが灯《とも》り、宮女や姫たちが慌ただしく行き交っていた。

「ロクさま」

マノンが俺を見つけて駆け寄る。

その顔は酷《ひど》く青ざめていた。ただごとではない。

「どうしたんだ?」

短く問うと、マノンは硬い表情で囁《ささや》いた。

「王宮から早馬が。【瘴気《しょうき》の巣】を監視していた大隊が、壊滅したと……」

背後でリゼが息を呑《の》んだのが分かった。

北の護りを固め、魔王の動向を摑《つか》むために派遣されていた大陸屈指の精鋭部隊の全滅。

それは、即《すなわ》ち。

命を蹂躙《じゅうりん》する大災厄《魔王》の覚醒を意味していた。

第五章　決戦

まだ太陽も覚めやらぬ早朝。

魔王復活の報を受け、後宮の広場には緊迫した声と足音が忙《せわ》しなく行き交っていた。

「アザレア部隊、装備の最終確認を。ネモフィラ部隊は備品をリストアップしてちょうだい、王宮の後方支援部隊へ回すわ」

「行軍の隊列は三列縦隊、殿《しんがり》はリコリス部隊に務めてもらいます。トルキア国軍と密に連携を取りながら進軍します、各部隊、伝令を立ててください」

魔族に――魔王に通常の武器は通用しない。

神器を持つ俺たちが、前線で戦うことになる。

姫たちは緊張こそすれ、その顔には使命感と覚悟が漲《みなぎ》っていた。

「出立は一刻後。三日後に大陸連合軍と合流、街道を北上する。各自準備を進めてくれ」

「はいっ！」

俺は指示を出しながら、リゼを探して視線を走らせた。

リゼは不安そうな姫たちへ笑顔で声を掛け、忙しそうに立ち働いていた。

しかし、ふとした瞬間にその横顔は曇り、魔力が不安定に揺れる。細い身体《からだ》に深く巣喰《すく》った魔の力が、リゼの不安に呼応するようにざわめいていた。

「……──」

特殊なインクで姫たちの手の甲に転送陣を描いていたマノンが、俺を仰ぐ。

「ロクさま。転送陣《パス》の用意を。手をお出しください」

俺は右手を差し出そうとし──顔を上げた。

「マノン。お願いがある」

しんと冷えた空気が肺を刺す。

俺は広場の壇上に立って、美しく整列した神姫《じんき》たちを見渡した。

手の甲に転送陣を刻み、装備を携えた可憐《かれん》な少女たちが、俺を見上げている。その顔に浮かぶのは、決意と覚悟。そして神姫としての誇りと、俺へ寄せてくれる心からの信頼。

ふと、初めてここに立った時のことを思い出した。魔術教官として受け入れてもらい、みんなの魔術を束ねて花火を打ち上げた日のことを。

あの日以来、彼女たちは細い手足で俺を支え、どこまでも付き従ってくれた。

みんなで旅を重ね、多くの魔物を討ち果たし、今日まで戦い抜いてきた。

きっとこれが最後の決戦になる——最後にしてみせる。

白い息とともに、短く言葉を紡《つむ》いだ。

「君たちを愛してる。俺を信じて、ついてきてくれ」

少女たちが頷《うなず》く。強い決意を宿した瞳で、噛《か》みしめるように。

「我ら神姫、どこまでも、勇者さまと共に」

マノンに続いて、後宮部隊が膝を突く。

その覚悟を胸に受け止めて、強く頷く。

「ありがとう。みんなの命を、確かに預かった」

出立前の慌ただしさに包まれる中、右手の甲に刻まれた転送陣を見つめる。

姫たちと繋《つな》がり、無限に魔力を供給できる転送陣《パス》。これは戦いの趨勢《すうせい》を握る命綱であると同時に、諸刃《もろは》の剣だ。少しでも制御《コントロール》が狂えば、姫たちの魔力回路を傷付ける。僅かな油断が命取りになる最終決戦、ミスは許されない。

強く早く脈を打つ心臓を押さえた時。

ふと、鈴を転がすような声が聞こえた。

「リゼねえさま？　顔色が……どこか、おかげんが悪いのですか？」

「大丈夫よ、シャロット」

心配そうなシャロットに、リゼが笑いかけていた。

その顔は微《かす》かに強《こわ》ばっている。

「……リゼ」

歩み寄って声を掛ける。

はっと見開かれた暁色の双眸に、喉で詰まりそうになる声を静かに押し出す。

「今まで、君に支えられてきた。君がいたから頑張って来られた。これからだってそうだ。けど、今回は、今回だけは、シャロットと一緒に、ここに……──」

「ぁ……」

リゼの身の内で、黒い魔力がざわざわと騒ぐ。青ざめた表情に胸が痛んだ。

──魔王が復活した今、『開闢《かいびゃく》の花嫁』であるリゼの身に何が起こるか分からない。本当は傍《そば》にいてほしい。だが、今のリゼを魔王の元に伴うのは、あまりに危険すぎる。

(俺はいくら傷付いても構わない。この子たちを護《まも》るためなら、この身を擲《なげう》つ覚悟などとうに出来ている。ただ──)

ただ、君を失うことが怖い。

「ロクさま、私……──」

真紅の瞳が涙に霞《かす》んだ。桜色の唇が、震えながらほどかれた、その時。

後宮の空に、神経を引き裂くような不気味な高音が鳴り響いた。

「な……!?」

姫たちが耳を塞いで蹲《うずくま》る。

鼓膜を挽《ひ》き潰す不快な音が脳を掻《か》き回し、空間が軋《きし》んだ。

「っ!?」

地面に黒い亀裂が走る。蛇のようにのたうつそれは、広場を呑み込むほどに巨大で歪《いびつ》な魔方陣を結び、溢れた黒閃《こくせん》が俺たちを呑み込んだ。

身体が引っ張られるような不快な感覚と共に景色が歪み、破れ、渦を巻く。

やがて音が止《や》み、乱れていた視界が像を結んだ。

「ここは……」

姫たちが辺りを見回す。

そこは、荒れ果てた大地だった。

冷たい風が吹《ふ》き荒《すさ》び、空には雲が低く垂れ込めている。乾いた地平線の果てに、岩山の稜線《りょうせん》が遠く連なっているのが見えた。生き物の存在しない、灰色に塗りつぶされた世界。

そして、俺たちの眼下。

すり鉢状になったクレーターの底。

まるで巨大な生き物のように、重たい瘴気が渦巻いていた。

「瘴気の巣……!?」

姫たちが引き攣《つ》った声を上げる。

――千年前に人と魔がぶつかり合った、大戦の舞台。魔王が眠る最果ての地。

「瘴気の巣に、後宮部隊ごと転送された……――?」

背中に冷たい汗が流れる。

生き物《人間》を――それも一軍規模を根こそぎ転送できる魔術士など、大陸史を繙いても存在しない。人では決して踏み込めない領域。神さえも凌《しの》ぐ、強大な力――

低い地鳴りが響く。クレーターの中央に蟠《わだかま》った瘴気がうねり、龍のように首を擡《もた》げた。

「みんな、退がって!」

立ち竦《すく》む姫たちを背に庇《かば》って、猛《たけ》る龍を睨《にら》み上げた。濃厚な瘴気を孕《はら》んだ風が吹き付ける。おそらくこれが、大陸最強の部隊を壊滅させたものの正体。

漆黒の龍が顎《あぎと》を開き、俺たちをひと呑みにしようと迫り、

「『反転《インバート》』……!」

俺は『毒霧』と『反転《インバート》』を撚《よ》り合わせ、龍の鼻面《はなづら》へ魔力を叩《たた》き付けた。

瘴気の龍が断末魔を上げ、のたうちながら散っていく。

「……っ」

肺が引き攣り、肌がびりびりと震える。

瘴気の渦が晴れた、その先に。

何かが在《い》た。

重く澱《よど》んだ圧を伴った、内臓を掻き回すような獰猛《どうもう》な気配が、静かにそこに在る。

『ほう、よく退けたな』

すり鉢状に削れた大地の底。

玉座が在った。骨と人肉を練り合わせ、無造作に組み上げたような、ひどく醜悪でおぞましい、歪な座。

そして、漆黒の玉座に座した、何か。

その身体に禍々《まがまが》しい魔力が溢《あふ》れ——

「！」

祝福の剣《アンベルジュ》を抜くが早いか、力任せに振り抜く。

宙を薙《な》いだ白銀の光刃が、玉座から放たれた黒い衝撃波を蹴散らしていた。

「きゃ……！」

余波が轟風《ごうふう》となって荒れ狂い、姫たちが悲鳴を上げる。

玉座の人物は歌うように言った。

『なるほど、先程のはまぐれではなかったか。人の身でよく耐える』

面白そうに歪《ゆが》む双眸《そうぼう》を睨み、干上がった喉から掠《かす》れた呻《うめ》きを絞り出す。

「魔王……──」

全ての厄災の根源。闇を束ねる者。一度は封印されながら、千年に亘って恐怖と惨劇を積み上げ、人々を苦しめ続けた魔族たち、その頂点に君臨する、王。

それは、歪な人の形をしていた。

漆黒の皮膚に、血のように赫《あか》く光る双眸。太く鋭く天を突く、二本の捻《ねじ》れた角。俺よりも一回り大きな体軀《たいく》は漆黒の炎を纏《まと》い、四肢には獣の如《ごと》き凶悪な爪が鈍く光る。

『あの呪わしい大戦以来だな。千年の永きに亘り、この刻を待っていたぞ、勇者よ』

細胞のひとつひとつを押し潰すような重たい声が反響した。

威圧感に下がりそうになる足を叱咤《しった》して、剣を構える。

背後で、姫たちが神器を展開した。

しかし魔王は嗤《わら》った。泰然と、まるで舞台の幕開け《ショー》を楽しむかのように。

『開闢の刻は来た。貴様らには、新たな世界の創成を、最前列で見届けてもらおう』

禍々しく赤い双眸が、リゼを捉える。

鋭い爪を宿した手がゆっくりと差し伸べられた。

『花嫁よ、我が元へ』

「……！」

『お前と我が交わることで、世界は混沌《こんとん》に還《かえ》る。分かるか。我らはひとつだったのだ』

唇を噛み、苛烈なまなざしで睨み付けるリゼを、魔王は誘《いざな》う。低く穏やかに、甘美な響きすら含んで。

『我が花嫁よ、ひとつに戻ろう。我らは分かれるべきではなかったのだ。命の終わりを定められた、醜く儚《はかな》い、哀れな生き物よ。今、我が大いなる慈愛を以《もっ》て、永久《とわ》の救済を与えよう。信じてくれ。おまえたちを愛しているのだ』

「妄言を……――！」

柄を強く握り直した俺を見て、赤い双眸が嗤う。

刹那、魔王の纏う瘴気《しょうき》が膨れあがり――

魔王が風を巻いて突進すると同時に、俺は地を蹴っていた。

漆黒に燃える爪が繰り出す一撃を、祝福の剣《アンベルジュ》で迎え撃つ。

乾いた大地に、ギィンッ！　と耳を劈《つんざ》く金属音が鳴り響いた。

「く……！」

重たい衝撃に歯を食い縛る。がきりと噛み合った爪と剣がぎちぎちと軋み、灼熱《しゃくねつ》の風が吹き付ける。身体《からだ》がひどく重い。肺が押し潰されそうだ。

燃え上がる炎の向こうで、赤い両眼が不気味に嗤った。

『思い上がった哀れな生き物よ。そのか弱い牙、我が手で抜いてくれよう』

黒炎を纏った手が、祝福の剣《アンベルジュ》を握り込み――ガラスの割れるような高音と共に、刀身が砕け散った。

「っ、な……!?」

背後で神姫《じんき》たちが息を呑《の》んだのが分かった。

心臓を狙って突き出された爪を紙一重で躱《かわ》し、跳び退《しさ》る。

「は……」

頬にぬるい汗が伝った。呼吸が上擦る。

祝福の剣《アンベルジュ》は半ばから折れていた。刀身から白銀の魔力が流れ出していく。

祝福の剣《アンベルジュ》が――俺の魔力が通用しない。

神器を遥《はる》かに凌駕《りょうが》する魔《ま》の力を目の当《あ》たりにして、神姫たちの顔が絶望に染まる。

光を失っていく刀身を、俺は鞘《さや》に納めた。

再び玉座に座した王が、低く嗤《わら》う。

『脆《もろ》い』

『脆い、脆い、脆い。所詮はこの程度か。貴様ら人はあまりに弱く、脆い——だが、それでいいのだ。己の無力を呪い、憂うる必要はない。護るべきものなど最早《もはや》ないのだから』

玉座から黒い影が落ちた。

漆黒の脈が足下を這《は》い、大地へ広がっていく。

「これは、一体……」

フェリスがはっと顔を上げる。

「空に……」

暗雲渦巻く天に、黒い鏡が現れていた。

空を埋め尽くすほどに浮かび上がった、無数の鏡。

そのひとつひとつに、遠く離れた地の光景が映し出される。

「見て、あれ……！」

ティティが引き攣った声を上げる。

鏡に映るのは、荒れ狂う魔物たちの姿だった。

黒い脈が大地を侵食し、瘴気に覆われたダンジョンから、魔物たちが溢れ出す。

吼《ほ》え猛り、怒り狂う魔物が、村や町、人々の営みを目指して侵攻する。

『あれなるは我が闇の軍勢、命を蹂躙《じゅうりん》する行進。我が瘴気を得た群れは、叫喚と惨劇を道連れに、この地上に蔓延《はびこ》る命を悉《ことごと》く殺し尽くすだろう』

群れは大地の瘴気を吸い上げながら一歩ごとに巨大化し、翼を生やし、黒いうねりと化しながら進軍する。

ある天鏡を見上げて、リゼがはっと声を上げた。

「あれは……！」

そこに映し出されているのは、リゼの故郷だった。

無辜《むこ》の民が平和な生活を営み、穏やかに暮らす町へ、漆黒の軍勢は容赦なく迫る。

「あ、ああ……いや、いやです……にげて……おねがい、にげて……！」

シャロットの祈るような悲鳴は届かない。

世界各地で、同じ光景が繰り広げられていた。

南国諸島の海や精霊の森、ハナマ鉱山。旅の途中で立ち寄った町や村。神姫たちの故郷。

死の行進は恐ろしい咆哮《ほうこう》を轟《とどろ》かせながら、全てを呑み込もうと容赦なく押し寄せる。

「そん、な……」

神姫たちが声を失って立ち尽くす。

絶望が立ち込める中、魔王の声が優しく誘う。

『案ずることはない。無は全てを内包する。憎しみも苦しみも、死さえも。全て終わらせよう。共に還ろう、永劫《えいごう》の楽園へ』

「いいえ……」

リゼが声を震わせ、魔王を睨み付けた。

「いいえ！　私たちは諦めません！　必ずあなたを斃《たお》して、私たちの世界を、大切な人々を、護《まも》ってみせます！」

絶望に押し潰されそうになりながら、それでも果敢に前を向く少女に、魔王が嗤った。

『そうだ。それでこそだ。愛情深く、慈悲深い。それでこそ、混沌の母に相応《ふさわ》しい』

ゆっくりと。

黒く燃えさかる爪が、俺を示した。

『その男と、同じ生き物になりたくはないか』

リゼが息を詰める。

「なに、を……――」

『混沌に至れば、全ては融《と》け合い、無へと還る。他者との境界もなく、ただ許し合える世界。言葉がなくとも解《わか》り合える世界。愛する者を、傷付けることのない世界』

はっと目を見開くリゼに、鋭く囁《ささや》く。

「リゼ、耳を貸すな」

しかし暁色の双眸は、どこか暗い淵《ふち》を覗《のぞ》き込んでいた。

リゼの身体に根を張った魔の力が、ざわざわと騒ぐ。

「っ……私……私、は……──」

『お前は望んでいるはずだ。死もなく、断絶もなく、別れもなく。愛する者と、決して離れることはない世界を。その男と融け合い、ひとつの存在になることを。その脆く不完全な身体、心、魂──その男とお前を隔てるもの全て、我が取り払ってやろう』

血の色をした双眸が笑む。

『さあ、覚醒の刻だ』

魔王が指を鳴らすと同時、漆黒の風が逆巻いて、リゼを玉座へと引きずり込んだ。

「ロクさま……！」

「リゼ！」

伸ばした手の先。

リゼの背中から底のない深淵《しんえん》が花開き、その姿を呑み込んだ。

「リゼねえさま！」

乾いた大地に、シャロットの悲鳴が悲痛に響く。

漆黒の蕾《つぼみ》に包まれて、リゼだったものが変貌していく。黒く、暗く、何もかもを呑み込む虚無──混沌へと。

魂を捻《ねじ》るような産声《うぶごえ》と断末魔を繰り返しながら、のたうち、捻れ、歪《いびつ》に膨れあがっていく、黒い影。その姿は、まるで苦しみのたうつ獣のような。大地に根を張る大樹のような。あるいは、哀《かな》しみに泣き叫ぶ少女のような──

混沌は脈動し、狂おしく悶《もだ》え、やがて天を覆うほどに巨大な少女の影法師となった。

誰もが声を失って立ち竦《すく》む中、鳴き絞るような咆哮を上げながら、混沌が身を捩る。

遥か頭上からぼたぼたと落ちてくる黒い欠片《かけら》を見て、サーニャが掠れた声で呟《つぶや》いた。

「リゼ……泣いてる……？」

魔王がひび割れた哄笑《こうしょう》と共に玉座から立ち上がる。

『さあ、我が手を取れ、開闢《かいびゃく》の花嫁よ、混沌の母よ！　今こそひとつに還ろう。唯一にして完全なる存在へと！』

無貌の混沌へ、魔王が手を差し伸べ──黒い火花が、その手を弾いた。

『何故《なぜ》だ……何故、我を受け入れない』

驚愕《きょうがく》さえ孕《はら》んだ声に応えることなく、混沌がゆっくりと振り返る。

貌のない少女のまなざしが、俺を捉えた。

「ロクさま……！」

神姫たちが悲鳴を上げながら俺を下がらせようとするのを、そっと制する。

「……リゼ、こっちだ」

低く、優しく、語りかける。

俺に応えるようにして、黒く巨大な手が持ち上がった。

「マノン。あとを頼む」

振り返ると、マノンは息を詰め、唇を引き結び、「お任せ下さい」と頭を下げた。

今にも泣き出しそうな神姫たちに笑いかける。

「大丈夫だ。必ずリゼを取り戻す。忘れないでくれ、俺の心はいつもみんなと共にある」

声を詰まらせながらも強い瞳で応える姫たちに頷《うなず》きかけ、混沌へと手を差し伸べる。

漆黒の少女が静かに身を乗り出した。その輪郭から、黒い欠片が零《こぼ》れ落《お》ちる。

「ごめん、辛《つら》いよな。苦しいよな。大丈夫、俺もそっちに行くよ。必ず君を救け出す」

無駄だ、と魔王の声が嘲るように響いた。

『彼《か》の娘は既に形を失い、魂は融け、混沌に還った。触れれば貴様も混沌に取り込まれるだけだ』

それでもいい、と無貌の少女を優しく見上げる。

必ず護ると約束した。もしもあの愛情深く、優しい女の子が、ひとりぼっちで暗闇に迷っているのなら、世界の果てまで探しに行く。君が笑顔で俺を迎え入れてくれたように。

たとえこの身が融けてなくなってしまったとしても。

漆黒に染まった手が、俺を求めて伸びる。震えながら、縋《すが》るように。まるで生まれたばかりの赤子が、愛を求めるように。

「ロクさま！」

フェリスの悲鳴を最後に、混沌《こんとん》が意識を呑み込んだ。

◆　◆　◆

（わた、し……）

果ての無い闇を、ただ一人漂う。

名前さえ失って、形さえ忘れて。

目を開いているのか閉じているのか、それさえも分からない。

（私、は……——）

星のない宙《そら》。久遠《くおん》に続く黄昏《たそがれ》。

静寂に身体《からだ》が融け出して、どこまでも広がっていく。

静かで、穏やかで――とても孤独だ。

その、何もかもを呑《の》み込み、融かしてしまう混沌に。

《リゼ》

声が差し染めた。

優しくて懐《なつ》かしい声。

ああ、と小さく思う。

あの人はいつだって温かくて、どこまでも優しくて――だからこそ、いつか失ってしまうことが怖かった。

あの人が抱き締めてくれる度、自分とは違う逞《たくま》しい身体が、ひどく安心するのに、あまりにも違う生き物であることが哀しくて。

あの穏やかな声も、香りも、ぬくもりも、まなざしも。

あんなにもたくさんくれたのに、もっと欲しくて……離れてもなくならないように、深く深く、刻み込んで欲しくて――

そうだ。幾度願ったことだろう。

強くなりたい。優しくなりたい。あなたのようになりたい——あなたと同じ生き物になりたい。

強く、優しく、何もかもを受け止めてくれる人。人の弱さにそっと寄り添い、背中を支えてくれる人。

あの温かさに深く融け合って、ひとつの命になってしまいたいと、願ってしまった。

なんて愚かで、浅ましい。

それなのにあなたは、こんなどうしようもない私を、この闇の中で見つけてくれた。

《一緒に帰ろう》

けれど、もう、私は、自分の姿さえ、忘れてしまって。

《大丈夫。俺が覚えてる。手を》

優しい声に、心が震えた。

ないはずの手を伸ばす。

何もかも融けてしまったはずの闇の中。

指先が、触れ合った。

重なる肌から、確かなぬくもりが伝わってくる。

優しい指が、そっと手の甲へと伝う。

あの人が触れる箇所から、肌《からだ》が生まれ落ちていく。

まるで神が人を造ったように。

《そのまま、目を閉じていて》

ああ、そうか、と息を吐いた。

私は、暗闇に融けてしまったのではない。ずっと、目を閉じていただけなのだ。

泣きたくなるような深い安堵《あんど》と共に、まぶたが形作られて。

《そう、いい子だ》

温かい手のひらが、腕をそっとなぞり上げ、肩を撫《な》でる。

首から頬、額、頭へ。慈《いつく》しむように、長い指が伝った。

優しく髪を梳《す》かれて、思い出す。そうだ、私は、亜麻色の長い髪を持っていた。

大きな両手が頬を包みながら、親指でそっとまぶたを撫でてくれる。

温かな指先が鼻筋を通り、唇に触れた。

「ロク、さま……」

唇が動いて、声を思い出す。

優しい手に導かれて、少しずつ、自分という存在を取り戻していく。

《手を伸ばして》

目を閉じたまま、震える手をそっと伸ばした。
指先が、温かい肌に触れた。
──頬だ。あの人の頬。
冷たい手でそっと包む。
愛する人の姿形を確かめるように。
《俺が分かるか？》
頷いた。想《おも》い続けた勇者《愛おしい人》が、ここにいる。
柔らかく笑う気配がして、逞しい腕が、身体を包み込んだ。
《あとはもう、思い出せるはずだ》
まるで魔法のように。温かな胸の中で、自分が形作られていく。
優しいぬくもりが、自分の姿《カタチ》を思い出させてくれる。
いつか差し伸べてくれた手。抱き締めてくれた腕。自分を受け止めてくれた胸。
その中で、目を開く。
愛する人がそこに居た。
「ロク、さま……」
透き通る夜空の色をした双眸《そうぼう》が、ふわりと笑う。

「ロクさま……！」

手を伸ばし、縋るように首を抱き寄せる。

大きな手が、わななく背中をしっかりと支えてくれた。

触れ合う肌から体温が混じる。柔らかくて温かい、魂の形。命の温度。

頰に温かい雫《しずく》が伝った。私はこんなにも優しい形をしていただろうか。

「ごめん、俺はずっと、間違っていた」

優しい勇者の手が、背中に刻まれた呪い《アザ》を撫でる。

愛おしげに、慈しむように。

「魔の力《それ》も、君の一部だ」

──ああ、そうだ。

自分はどうしようもなく弱くて、泣き虫で、完璧とはほど遠くて──けれどこの人はいつだって、そんな自分を受け止めてくれた。誰もが悪魔の子と恐れた赤い瞳を、綺麗だと言ってくれた。

不完全で歪な私を、欠落ごと、愛してくれる人だった。

涙が溢《あふ》れる。

強く抱き寄せれば、鼓動がひとつに重なった。愛する人の命の音に耳を澄ませる。

果ての無い混沌の中に、ただ二人。

声もなく、互いの存在を刻み込むように強く抱き合った。

◆　◆　◆

腕の中で泣くリゼの頭を、飽かず撫で続ける。

柔らかな髪にそっと唇を落とすと、リゼは泣きながら、子どものように笑った。

遥《はる》か頭上を見上げる。

果てのない宙《そら》。無辺の闇。どちらが上かも分からない。

「アンベルジュ」

名を呼ぶと、淡い光が浮かび上がった。

光がほどけて、人の姿を取る。

魔王に手折られ、魔力の大半を喪失してしまった彼女は、幼い子どもの姿をしていた。

「ごめん。辛かったよな」

「大したことないわ。あなたが見つけてくれるまで彷徨《さまよ》い続けた千年間に比べたらね」

細い身体を包む光が、今にも消えそうに瞬《またた》く。

俺は小さな手を取った。

「あるだろう、君を救う方法が」

彼女はいつか耳に囁《ささや》いてくれた。

千年の刻を超えて目覚めた神器——その真価を、十全に引き出す方法を。

オーロラ色に光る双眸が、俺の目を見据える。

「——あるわよ。キスよりすごい、とっておきがね」

「俺の魔力《全て》を捧《ささ》げる。もう一度、君の力を貸してくれ」

アンベルジュはどこか泣きそうに顔を歪《ゆが》め、そして桜色の唇を引き結んだ。

小さな手が、俺の胸に触れる。

「死んだら許さないから」

神秘を宿す双眸に頷《うなず》く。

アンベルジュの左手が、ぐっと胸に押し当てられ——ゆっくりと沈み込んだ。

「ッ……！」

「ロクさま……！」

俺を支えようと縋り付くリゼの肩を抱く。

小さな手が、魂を掻《か》き分けて入ってくる。

俺の奥底で息づく、命の在処《ありか》を目指して。
目を閉じて、深く呼吸を繰り返す。
（魔力は生命の源流。血潮そのもの。生物の根幹に流れるもの……――）
そして。
身体の底で脈打つ炉心――俺の核《心臓》に、細い指先が、触れた。
「――……！」
足下から温かい風が舞い上がり、眩《まばゆ》い光華が渦巻いた。
心臓が強く速く脈動し、魔力が吸い上げられていく。
アンベルジュの姿が光に包まれ、変貌を遂げた。
あどけない少女から、美しく、しなやかな肉体を持つ美貌の女神へと。
「手を」
たおやかな声が響いた。
差し出された白い右手を取る。
「我が名は祝福。原初の光より生まれ、救世の勇者に奇跡と福音をもたらすもの」
艶《あで》やかな微笑《ほほえ》みを湛《たた》えた唇が、俺の手の甲に口付け――女神の姿が、剣へと変じる。
胸に突き立った美しい柄《つか》を、俺はゆっくりと引き抜いた。

眩く輝く刀身が現れる。

美しく、光り輝く剣。あまねく命を祝福する、大いなる原初の宝器。

リゼと視線を交わして、頷く。

白銀に輝く切っ先が、混沌《こんとん》を引き裂いた。


深海に響くような声が、鼓膜を揺らす。

「ロクさま！　リゼさま！」

遠いフェリスの声に、まぶたを開く。

そこは瘴気《しょうき》の巣だった。

強く抱きしめた腕の中。

柔らかなぬくもりが身じろぐ。

「おかえり、リゼ」

ゆっくりと瞼《まぶた》を開いたリゼに笑いかける。

暁色の双眸が涙に滲《にじ》んだ。その細い身体《からだ》を包むのは、白銀のドレス——俺の魔力を纏《まと》ったリゼは、眩いほどに清らかで。

「ご無事で良かった……！」

フェリスとティティ、サーニャが涙ぐみながら声を詰まらせる。

他の神姫《じんき》の姿はない。

「ごめん、心配掛けたな。みんなも無事で良かった」

「黒い嵐が――リゼが、護《まも》ってくれたの」

玉座との間に、混沌の残滓《ざんし》が嵐の壁となって立ちはだかっていた。

リゼが進み出て、手をかざす。

荒れ狂う嵐《混沌》が、まるでほどけるように消え去った。

『――愚かな。永久の安寧を捨て、刹那の生を選ぶか』

黒い脈が蠢《うごめ》く、クレーターの底。

玉座に掛けた魔王が、つまらなそうに吐き捨てる。

『混沌こそが、完全であり全て。かつて我々はひとつだった、だからこそ完全だった。個という脆《もろ》く不完全な器にしがみつく貴様らに、もはや我を斃《たお》す術《すべ》はない』

俺は黙って祝福の剣《アンベルジュ》を構えた。

リゼがまっすぐに魔王を睨《にら》み付ける。

「そう、あなたの言う通りです。私たちは不完全です。けれど、それでも諦めません。私たちは、弱いまま、貴方《あなた》を斃します」

『ならば、他の仲間はどうした？　貴様らを見捨て、我先にと逃げ出したぞ。せめて勇者を守る肉の盾にでもなれば、ほんの一太刀でも我に届いたかもしれぬというのに――いや、その脆い剣《ガ》では、何度刃向おうと同じこと』

この場に残った五人を見て、魔王はせせら笑った。

『混沌から抜け出たことは褒めてやろう。だが魔の力は、未《ま》だお前の魂に巣喰《すく》っている。ならば今度こそ手に入れ、覚醒させるのみ』

赤い双眸が笑みの形に歪む。

『最後のチャンスをくれてやる。その男を愛しているのだろう。今こそひとつに――』

朗々と紡《つむ》がれる口上を遮って、リゼは微笑んだ。

「ひとつになってしまったら、愛せないではないですか」

リゼが祝福の剣《アンベルジュ》に手をかざすと同時、刀身を黒い光が包み、漆黒の炎が噴き上がった。

『な、に……!?』

魔王が弾《はじ》かれたように目を見開く。

『貴様……！　なぜ、なぜ人間如きが、か、か、魔の力を……！』

リゼが神器《暁の盾》を展開する。その細い四肢が、漆黒の炎《カ》に包まれた。

鮮烈な暁色の瞳が、まっすぐに魔王を見据える。

「もう哀《かな》しみに目を背け、抗《あらが》うことはやめました。これも私と共にあり、私を形作る、大切な力の一部です」

――魔の力、即ち魔力。幼い頃から、リゼと共にあった力。

魔の力さえも受け入れたその姿は、どんな美しい花よりも気高く咲き誇っていた。

魔王の口がひくりと歪む。

『魔の力を飼い慣らしたところで、所詮は付け焼き刃！　我が力に敵《かな》うと思うてか！』

魔王が咆哮《ほうこう》と共に腕を振り抜いた。

地を削りながら迫った衝撃波を、横薙《よこな》ぎの一振りで相殺《そうさい》し、吼《ほ》える。

「行くぞ、リゼ！」

「はい！」

盾を携えたリゼが、黒炎を纏う足で地を蹴り、疾駆する俺にひたりと寄り添った。

『小賢《こざか》しい！　その脆弱《ぜいじゃく》な肉体、切り刻んでくれるわ！　出《い》でよ、我が傀儡《かいらい》！』

大地から黒い影が無数に湧き上がり、行く手を阻《はば》んだ。

不気味に蠢く腕が、俺のみぞおちを貫こうと伸び――

「させるもんか！『流星乱雨《カレイド・レーゲン》』！」

ティティの声が響き、灰色の大地に蒼《あお》く輝く流星《や》が降り注いだ。

光の雨が、傀儡たちを打ち倒す。

新たに湧き出た影の前に、フェリスが躍り出た。

「露払いは私たちに任せて！　『天空閃《セレスティアル》』！」

金色の稲妻が迸《ほとばし》り、迅雷のごとく敵を屠《ほふ》る。

残る傀儡の間を、サーニャが縫うように駆け抜けた。

「『星辰舞踊《ミラージュ・ワルツ》』」

星影の短剣に核を突かれ、傀儡たちが一斉に霧散した。

「さあ、いって」

サーニャの横顔に頷いて身を沈め、四肢に魔力を流し込む。

魔王を睨み据えると鋭い呼気と共に地を蹴り――彼我の距離が消し飛んだ。

『……！』

白銀の残像を引く一撃を、魔王がかろうじて防ぎ――燃え盛る刀身が、その腕ごと斬り飛ばした。

『な、に……!?』

そのまま首を狙った斬撃は、仰《の》け反《ぞ》った魔王の鼻先を掠《かす》める。

赤い瞳が憤怒《ふんぬ》に染まった。

『こ、の……！　矮小《わいしょう》な人間ごときがァァアアアアッ！』

魔王の纏う黒炎が苛烈に燃え上がった。切断された腕が瞬時に再生する。

地を裂くほどの威力を秘めた魔力同士が、獄炎を上げながらぶつかり合った。乾いた大地に剣戟《けんげき》が響く。

荒れ狂う火花の向こうで、魔王の顔が忌々《いまいま》しげに歪んだ。

『この我に牙を剥《む》こうというのか！　弱く、脆く、定められた命に翻弄されるばかりの、不完全で醜悪な生き物が！』

唸《うな》りを上げる爪を、剣を一閃《いっせん》させて薙ぎ払《はら》う。

「そうだ、俺たちは完全とはほど遠い。弱く、脆く、みっともなくもがいてはぶつかり合い、時に膝を突く。だが、だからこそ――」

放たれた黒炎の矢を暁の盾《アマンセル》で弾いて、リゼが言葉を継いだ。

「だからこそ、高みを目指すことができるのです。過《あやま》ちを正し、手を取り合い、共に困難に立ち向かうことができるのです。時に傷付き、強大な力の前に斃れながら、それでも大切な誰かのために、前を向けるのです」

リゼは白銀のドレスを翻《ひるがえ》し、俺と呼吸を合わせて、魔王の攻撃を引き受ける。

ひたりと寄り添う気配に、いつか踊ったダンスを思い出した。あの夜もリゼは、俺の拙いリードについてきてくれた。こんな風に、どこまでも可憐《かれん》に、麗《うるわ》しく。

『笑わせるな！　我が慈悲を拒み、生《くるしみ》を選んだ貴様らには、望み通り凄惨な終焉《しゅうえん》を与えてやろう！』

魔王の足下から、黒いうねりが大地へ広がっていく。暗雲が渦巻き、雷雲が轟《とどろ》く。

黒炎を纏った刀身を受け止めて、魔王が嗤《わら》った。

『貴様らの選択が、地獄の釜を開いたのだ！　見るがいい、混沌を拒み、唯一の救いを捨てたがために、貴様ら《にんげん》の同胞《どうほう》が生きながら喰《く》われ、苦悶《くもん》に喘《あえ》ぎながら死んでいく様を！』

天鏡から、魔物の咆哮と人々の悲鳴が渦巻き――

魔王の爪を剣で弾きながら、俺は低く囁《ささや》いた。

「コ、ー、デ、リ、ア、ベ、ル、プ、リ、シ、ラ。戦力を村の南に集中するんだ。プリシラの防御魔術を中心に陣を展開、反撃の機を待て。マ、リ、ニ、ア、エ、リ、ン、ナ、タ、ー、シ、ャ。森の西から大規模な群れが来てる、先回りして対処を。ナターシャの火力を主軸に、一気に畳みかけてくれ」

『貴様、何を――』

ここにはいない神姫《なかま》の名を呼ぶ俺に、魔王は顔を歪《ゆが》め――はっと目を上げた。

空に浮かんだ天鏡。叫喚と惨劇、魔物の群れによる一方的な蹂躙《じゅうりん》が映し出されていたはずのそれは、今や一変していた。

『これ、は……！』

見開かれた赤い瞳に告げる。

「彼女たちは、逃げた訳じゃない。これが、お前が侮《あなど》った、人間の力だ」

◆　◆　◆

「武器を持たぬ者は屋敷《やしき》へ！　前線に兵を集めろ、何としてもここで食い止める！」

浮き足立つ部下に指示を飛ばして、リゼの兄――ベイフォルン子爵家の長兄、ルートは歯を食い縛った。

「一体どういうことだ、何が起こっている……！」

太陽が昇り、人々が起き出す頃。

突如として黒い影が大地を侵食し、魔物の群れが町を襲った。

父は領民を避難させるため兵を連れて馬を走らせ、次男《カイト》と三男《リント》は、ルートと共に前線で魔物の押さえに回っている。

「へばるなよ、リント！」

哮《たけ》り立つリザードマンと切り結びながら叫ぶ次男《カイト》に、三男《リント》が勇ましく吼える。

「これくらい、どうってことねーし！　三男舐《な》めんな！」

立ちこめる暗雲の下、魔物たちが荒れ狂う波のように押し寄せる。

弓兵たちが矢を射かけるが、群れはなお獰猛《どうもう》にいきり立つ。

仕留め損ねたヘルハウンドが、唸りを上げて兵士に飛び掛かり──ルートが駆けるよりも早く、魔物の体躯《たいく》を鮮やかな炎が包んだ。

ヘルハウンドを業火《ごうか》で退けたのは、炎を纏《まと》った巨大な犬──妹《リゼ》が助けた精霊獣だった。

「頼りにしてるぞ、アルル」

精霊獣《アルル》は燃える瞳で魔物を睨みながら、「くるるる」と喉を鳴らす。

兵士たちも健闘しているが、既にカイトは利《き》き腕《うで》を負傷し、未明から戦い続けているリントも消耗が激しい。

それればかりではない。押し寄せる魔物は、時を追う毎《ごと》に強く巨大になっていく。

（刃が通り辛《づら》い……武器が通用しない……？　まるで一体一体が魔族のような……──）

このままではいずれ力尽きる。そうなれば、領民たちは……──

冷たい汗が背中を伝った、その時。

血と怒号が入り乱れる戦場に、鈴のごとき可憐な声が降り注いだ。

「おにいさまがた、ふせてください！」

「⁉　この声は……⁉」

きょろきょろしているリントの頭を、咄嗟《とっさ》に伏せさせる。その頭上を裂いて、眩《まばゆ》く輝く氷の刃が乱舞し、兵士に襲いかかろうとしていた魔物を切り刻んだ。

「今のは……」

空を仰ぐ。

暗雲の裂け目から光が差し、翼を宿した獣が現れた。

「天馬……⁉」

それは幼い天馬を先頭にした、三頭の天獣だった。

幼角を振り立てた紅《あか》いたてがみの天馬が軽やかに着地すると同時、可憐な少女たちがひらりと降り立つ。

その中央に立つ、くるみ色の髪をした小さな少女の姿に目を瞠《みは》る。

「シャロット……⁉」

それは八年前に生き別れた、末の妹だった。

再会を喜ぶ暇もなく、恐ろしい咆哮が耳を劈《つんざ》いた。

「いけないシャロット、早く屋敷へ……！」

「いいえ、にいさま。わたしはみなさまを護《まも》りにきたのです」

シャロットが笑った。

この絶望的な状況において、花のように可憐に、澄んだ湖面のように呟く。

「リゼねえさまも戦っていらっしゃいます！　大丈夫、必ずや、ロクにいさま《勇者さま》が世界を救ってくださいます！　それまで持ちこたえましょう！」

シャロットの腕輪が光を放ち、薔薇《ばら》と剣の紋章を掲げた流麗な旗が現れた。

「神器解放！『黎明の旗《フローティル》』！」

凜《りん》と気高い呼び声に応えて、美しい旗が翻る。

ルートや兵士たちの身体《からだ》を、淡い光の膜が覆った。

「これは……」

全身に巡る、温かく清らかな光。

それは、いつか感じた勇者の魔力に似ていた。

優しい光に包まれて、消耗していた意識が冴《さ》え渡《わた》る。傷が癒え、力が溢《あふ》れる。

シャロットと共に降り立った神姫《じんき》たちも、光り輝く武器を展開した。

「さあ、共に戦いましょう！　誇り高き、勇者さまの御旗のもとに！」

可憐な声が戦場に勇ましく響き渡る。

傷付き、疲れ果てていた兵士たちが立ち上がり、地を揺るがすような雄叫《おたけ》びを上げた。

「ああ……！」

ルートはしっかりと首を擡《もた》げ、波のように押し寄せる黒い影へと剣を構えた。

「まさか竜種《ドラゴン》と共闘する日が来ようとは！　長生きはするものですね！」

背中に乗ったエルフの女王に、ザナドゥは吼《ほ》えた。

『それはこちらの台詞《せりふ》だ！　調停者《勇者》に感謝することだな！』

金色の翼で風を切りながら、精霊の森を見下ろす。

大地は瘴気《しょうき》に侵食され、瞳を憤怒に染めた魔物たちが世界樹を目指して進撃する。

まるで世界の終わりのような光景だなと口を歪めながら、魔王が復活したという北の果てへ目を馳《は》せる。あの勇者はどうしているだろう。

『さぁて、全力でいくとするか』

「いいでしょう、黄金竜の力、見せてもらいます！」

エルフの女王が杖《つえ》を掲げ、淡い光が森を覆った。

『我が力の前にひれ伏せ、魔物ども！』

咆哮《ほうこう》と共に灼熱《しゃくねつ》の炎《ブレス》を吐く。

黄金の業火が森を包み込み、魔物たちを焼き払った。

『ほう。全力を出したつもりだが、森には傷一つついておらん。エルフの守護魔術、さすがだな』

「当然でしょう。まあ、伝説の黄金竜のブレスも、なかなか見応えがありました。けれど如何《いかん》せん、数が多い――」

女王の言葉半ばに、別の方角からエルフたちの悲鳴が上がった。

防御の薄い森の西へ、波のような黒いうねりが迫っている。

「いけない、あちらにも……！」

『瘴気の回りが早い！　精霊の森に入られたらおしまいだぞ！』

ザナドゥは首を巡らせて旋回し――刹那、眩い輝きが天を裂いた。

光の中から現れた、三騎の騎馬――天獣に乗った少女たちを見て、エルフが息を呑《の》む。

「あれは、神姫⁉　天獣まで……！」

猛《たけ》る魔物の群れへと一直線に降下しながら、少女たちが口々に叫ぶ。

「ナターシャ、ロクさまから伝言！　森の西に戦力を集中、みんなを川上に避難させて！

こっちはマリニアと私が引き受けるわ！」

「了解！　頼んだわよ！」

「我ら、誇り高き神姫の魂を継ぐ者！　敬愛する勇者ロクさまの名に於《お》いて、ここから先へは絶対に行かせません！」

眩い神器を携えた少女たちが、魔の軍勢を凄《すさ》まじい魔術で打ち払っていく。

エルフの女王が身を乗り出した。

「す、すごい……！　ですがいくら神器があっても、あれでは魔力が持たない……！」

『いや、待て！　あれは、あの白銀の魔力は……！』

神姫たちの放つ魔術は、いつか見た眩い煌《きら》めきを帯びていた。

（あの男、遠隔から魔力を送り込んでいる……⁉　それも一人一人の個性に合わせ、戦術に沿って調整しながら……！　そんな業《わざ》が人の身に可能なのか……！）

数百年ぶりに感じるような熱く滾《たぎ》る高揚が、ぞくぞくと背筋を走り抜ける。

『どこまで我を虜《とりこ》にすれば気が済むのだ、あのドラゴンたらしめ！』

牙の間から歓喜の唸《うな》りを漏らした時、森の中心に聳《そび》える世界樹がざわめいた。枝が捩《ねじ》れ、うねり、めきめきと音を立てながら牡鹿《おじか》の角を戴《いただ》いた巨大な人の姿へと変じていく。

「精霊王……！」

深い神秘の森に、たおやかな声が響き渡る。

『遠い北の果て、彼《か》の勇者が、命を賭《と》して戦っている。樹《き》よ、草よ、花よ、目覚めなさい。生きとし生けるものよ。救世の英雄の気高き花嫁たちに、力を』

精霊たちがざわめき、木々が揺れた。澄んだ風が吹き渡り、森が謳《うた》う。

大地を覆う植物たちが目覚め、黒く汚染された脈を徐々に押し返しはじめた。

目に見えて弱体化していく魔物を、白銀の光を纏った一騎当千の乙女たちが駆逐し、命の領域を取り戻していく。

ザナドゥは歓喜に吼えた。

『見よ、戦況が覆《くつがえ》るぞ！　正真正銘、生き物と魔の全面戦争だ――我らの力、存分に見せつけてやろうではないか！』


「クソが、一体どうなってやがる……！」

ひしゃげた鋤《すき》を投げ捨てて、リュウキは呻《うめ》いた。

トルキア王国を追放されて行く当てもなく、ようやくたどり着いた辺境の地。

いつものように畑に水を撒《ま》こうとした朝、突如として魔物の群れが押し寄せ、収穫間近の作物が踏みしだかれた。

吼え猛るオーガの脳天に鍬《くわ》を叩《たた》き込みながら、リュウキは吼えた。

「支援薄《バフ》いぞ、女狐《めぎつね》！　錆《さ》び付いてんじゃねぇのか！」

「失礼ですわね！　あなたがなまくらなのではなくて⁉」

野良《のら》着を着たディアナ——同じく追放された元聖女が喚《わめ》く。

リュウキは、しつこく降下してくるハーピーの群れを叩き落《お》として舌を打った。

どんなに蹴散らそうとも、怒れる魔物の群れが森から現れては雲霞《うんか》の如《ごと》く押し寄せる。

「どんどん増えてますわよ⁉　もう放棄いたしましょう！」

「バカか！　ここ突破されたら、あの村はどうなる！」

この先にある村の人々には、種を分けてもらったり作物の育て方を教わったりと、多少の恩義がある。自分たちの食《く》い扶持《ぶち》も足りないのに、どこの馬の骨とも分からない流れ者《自分たち》に食料を恵むようなようなお人好《ひとよ》しばかりだ。魔物に蹂躙《じゅうりん》させたのでは寝覚めが悪い。

「うわあああああっ！」

甲高い悲鳴に振り返る。

畑を駆け抜けたブラックウルフが、子どもを襲おうとしていた。

用もないのに、よく畑に遊びに来ていた少年——

「……！」

全身の血が沸き立った。

脳裏に、穏やかな夜色のまなざしと、静かな声が蘇《よみがえ》る。

『魔力回路がずたずたになってる。魔術は使えない——使わないほうがいい』

使えばおそらく、今度こそ取り返しのつかないことになる。分かっている、それでも。

「くそっ！『紅蓮炎《フレイム・スール》』！」

リュウキはブラックウルフへ手をかざすと、魔力回路が消し飛ぶ覚悟で吼え——凄まじい炎の渦が、魔物を呑み込んだ。

「あ……？」

子どもが目を丸くし、弁当らしき袋をぶんぶんと振る。

「あ、ありがとう、リュウキお兄ちゃん！」

「ッ、いいからさっさと村の奴《やつ》らに声掛けて、丘の上の教会まで逃げろ！　じいちゃんも連れてけ、犬っころも忘れんな！」

「うん！　……マリメロは!?」

「マロメ、リ、メッ……マリメロって誰だ！」

「猫だよ！」

「猫も！」

少年を村へと追い立て、極大魔術を放った己の手を見下ろして呻く。

「ブラフじゃねぇか……！」

（あの野郎、止《とど》めを刺し損ねたんじゃねぇ……敢えて残しやがった……！）

それだけではない。逆巻く炎に微《かす》かに混じっていた、あの白銀の煌めきは——
ぎりぎりと奥歯を鳴らしていると、ディアナの悲鳴が上がった。
顔を上げる。巨大なキメラの群れが、ディアナに飛び掛かろうとしていた。
気付くのが遅かった、今極大魔術を放てばディアナも巻き込む。
(間に合わねえ……！)
一か八か、鍬を投擲《とうてき》しようと大きく引いた時。
「『風魔砲《ウィンド・キャノン》』！」
凄まじい突風が吹き荒れ、ディアナの目前に迫っていた魔物の群れを一掃した。
魔術の余波を浴びて、ディアナが「ぶえっ」とひっくり返る。
視線を走らせた先、不可思議な獣を従えた少女たちが居並んでいた。
その中心に立つ、女神の如き美しくたおやかな少女を見て、低く唸る。
「てめぇは……」
いつか自分を追い返した、あの忌々《いまいま》しい後宮の女。確かマノンとかいった。
マノンは涼しい顔で微笑《ほほえ》むと、優美な足取りで進み出た。
「お久しゅうございます。こちらを」
差し出されたものを見て、瞠目《どうもく》する。

それは、追放された際に取り上げられた神器——斬魔剣ダイディストロンだった。

「それと、こちらも。ロクさまから、きっと大事なものだからと」

渡された封筒から転がり出たものを見て、声を失う。

年季の入った黒い万年筆——唯一自分を可愛《かわい》がってくれた祖父の形見。

（これは……この世界《こ こ》に来た時に、なくしたと、思って……——）

立ち尽くすリュウキに、マノンは目を細めた。

「世界の危機です。あの御方《ロクさま》と共に、戦っていただけますか？」

「はああ⁉　出来るわけないでしょう！　誰のせいで野良着で泥だらけになって畑仕事するはめになったと思ってるんですの⁉」

ぎゃんぎゃん喚くディアナの声を遠く聞きながら、使い込まれた万年筆に目を落とす。

——優秀な兄と比べられ、踏み台にされ続ける前世《茶　番》は、突然幕を閉じた。最強の力を持ってこの世界《ゲーム》に召喚されて、ようやく自分が主人公の、本当の人生が始まるのだと思った。

自分だけが最強の世界。ただ一人の、選ばれた主人公。

だから、魔術もない、スキルもない、何も持たないあの男のことを、取るに足らない脇役《モブ》だと見下して排除した。——家族が自分をそう扱ったように。

けれど。

あの、何もかもを吸い込むような深い瞳が脳裏に蘇る。

握り込んだ拳がぎしりと軋《きし》んだ。

自分を撃ち砕いた、最後の一撃。その間際《まぎわ》に聞こえた声——『ごめん』という噛《か》みしめるような言葉を、今も鮮烈に覚えている。あれは、リュウキの居場所を奪うことへの贖《しょく》罪《ざい》と、その罪を抱えて生きることを誓う懺悔《ざんげ》だった。

（なんで、ごめん、なんて……——）

ずっと引っ掛かっていた。

自分はいい、もとより、あの虚栄と欺瞞《ぎまん》に塗れた世界に未練などなかった。だが、あいつは——あの男は、自分が落とした万年筆を拾って、鉄骨に押し潰された。もしかすると自分が、あのいかにも善良で人の良さそうな男を、前世から弾《はじ》き出してしまったのではないか。平穏に続くはずだった人生を奪ってしまったのではないか。そんな暗く重たい悔悟があった。取り返しの付かない負い目に追い立てられるようにして、より苛烈に、徹底的に遠ざけようとした。だがあの男は、それを一切責めることなく、掃きだめと呼ばれた少女たちを救い、命を賭して人々を助け、この世界に受け入れられた。

そして今もこうして、かつて己を侮《あなど》り、傷付けて、排斥しようとした自分にさえ、手を差し伸べる。この世界で共に生きようと。手を携えて戦おうと。

遠く、北の空へ目を向ける。

あのいけ好かない優男は、今も余計なものを背負い、自分ではない誰かのために戦っているのだろう。全てを投げ出すようにして。

――器が違う。

短く息を吐き、目を上げた。

咆哮《ほうこう》を上げながら進撃する魔物たちを睨《ね》め付ける。

分かる。もう分かっている、悔しいほどに。

自分は負けた。勇者として、男として、人として。

何もかもにおいて、あの男に負けたのだ。あれは正しく、敗北だった。

――この世界は、あの男をこそ、待ち望んでいた。

「……どこまで行ってもクソゲーだな」

口を歪《ゆが》めて笑う。

自分は選ばれなかった。それでも結局、このどうしようもない己の人生《ゲーム》の主人公であることに変わりはないのだ。

ならば、いっそ。

「せいぜい見せてやるよ。負け犬の矜持《きょうじ》ってやつをなァ」

低い声で唸《うな》り、大剣の鞘《さや》を払った。

懐《なつ》かしい感触を握りしめながら、マノンに吼《ほ》える。

「戻ったら、てめぇらの愛《いと》しの勇者サマに伝えろ！　『てめぇは俺がぶっ潰す、勝手にくたばったら承知しねぇ』ってな！」

「まあ勇ましい、それでこそです。ですが、ロクさまはお忙しい身ですので、百年後にでもお伝えするといたしましょう」

（……百年早いってか、クソが）

悪態を噛み潰して苦く笑う。

「それでは、過去のことは一旦水に流して、しばし共闘と参りましょう」

マノンは謳うように言って、再び押し寄せる魔物たちへ対峙《たいじ》した。

「我ら神姫《じんき》、どんなに遠く離れようとも、心はロクさまと共に。神器解放、『風花の杖《インアーシュ》』」

細い手首を飾る腕輪が光に溶け、華奢《きゃしゃ》な杖《つえ》が現れる。

杖を指揮棒のように高くかざして、マノンが優美な微笑みを咲かせた。

「一世一代の恋心、咲かせてご覧に入れましょう！　『百花繚乱《ミルフォワ・フルール》』！」

風が世にも壮麗な旋律を奏《かな》でたかと思うと、色とりどりの花びらが渦を巻き、魔物の群れを吹っ飛ばした。

固定砲台さながらの威力に、口の端が引き攣《つ》る。

こみ上げる笑みを堪えて大地を踏みしめ、大剣を構えた。

「負けてらんねぇぞ、女狐《めぎつね》！」

「こうなったら、元聖女の実力、見せてやりますわ！　あとその剣、鍬《くわ》よりはサマになってますわよ！」

「そりゃどうも！」

大地を埋め尽くす魔物たちを低く見据えて、リュウキは地を蹴った。

「ふッ……！」

奏は翼竜の槍《やり》を携え、地を駆けた。

北の空に渦巻く暗雲が、魔王の覚醒を告げている。

——勇者として召喚されながら、身分を隠し、先代聖女パルフィーと共に冒険者を装《よそお》って続けていた旅の途中。今朝、ダンジョンの攻略に向かう最中、突如として瘴気《しょうき》が大地を覆い、ダンジョンから魔物が溢《あふ》れ出した。街道で襲われている一団を見つけたのは、湧き出る魔物たちを一掃して、近隣の町の様子を見に戻る途中のことだった。

四頭立ての見事な馬車はひっくり返り、護衛らしき兵士たちが車いすの老婦人を護《まも》って応戦しているが、敵《魔物》の数が多い。

「パルフィー、援護を！」

「言われなくても！」

フードを目深《まぶか》に被《かぶ》った獣人の少女――パルフィーが併走しながら杖を掲げる。

「『膂力上昇《ギガンティア》』、『勇壮鼓舞《ナイト・ブースター》』、『身体強化《ブースト》』、『属性付与《エンチャント》・風《シルフ》』！」

パルフィーの強化《バフ》を受けて、奏は加速した。

視線の先、魔物の勢いに押されて、兵士たちの隊列が崩れ始める。

「間に、合わ、せるッ！」

（間に合わない、いや――）

奏は大きく腕を引き、翼竜の槍を投擲した。

槍が風を巻いて、兵士を歯牙《しが》に掛けようとしていた魔物たちを打ち砕く。

息をつく暇もなく、上空から甲高い鳴き声が降ってきた。

黒い翼を持つ魔物が、老婦人に狙いを定める。

恐ろしい鳴き声と共に、鈍く光る爪が婦人に迫り――

「『岩弩弾《グラベル・ダート》』――！」

奏が魔術を発動するよりも早く、老婦人が呟《つぶや》いた。

「『聖光柱《セイント・ピラー》』」

大地に無数の光の柱が立ち、魔物の群れを呑《の》み込んだ。

霞《かすみ》となって消え行く魔物たちを前に、老婦人が上品な微笑みを浮かべる。

「これでも魔術はちょっとしたものよ？　発動までに、少し時間は掛かるけれどね？」

息を切らせて追いついたパルフィーが、「あのヒト、何者？」と呻《うめ》く。

奏は地面に深々と突き立った槍を引き抜くと、老婦人の元に駆け寄った。

「こんにちは。助太刀は不要ですか？」

「ありがとう、助かったわ。あなたは？」

「通りすがりの旅の者です。美しいご婦人、どうか共に戦う名誉を賜りたく」

「まあ、心強いわ。この先には孤児院があってね。子どもたちが避難するまで、時を稼ぎたいの。どうぞよろしく、可愛いお嬢さん？」

奏は目を見開き、笑った。

「あはは、一目で見破られたのは初めてです」

柔らかなまなざしを交わした時、咆哮が轟《とどろ》いた。森から新たな群れが這《は》い出《で》てくる。

「さあ、どこまで捌《さば》ききれるか、根比べといきましょうか――」

奏は深緑の槍を構え――雲の裂け目から降り注ぐ眩《まばゆ》い光に、顔を上げた。

「おっと、どうやら救援ですよ」

空に、翼を広げて舞い降りてくる四騎の騎馬があった。

グリフォンたちの背に乗った可憐《かれん》な乙女たちを見て、老婦人が微笑《ほほえ》む。

「まあ、きれい。まるで神話のようね。創作意欲がそそられるわ」

神器を構え、一直線に向かってくる後宮部隊。そしてその先頭を駆けるのは、翼の生えた大いなる狼《おおかみ》の姿——

パルフィーが「嘘《うそ》でしょ？」と呟く。

「あれ、天獣の王……天主さまじゃない？　伝説を通り越してお伽噺《とぎばなし》の存在が、何で……」

奏は空を仰いで笑った。遥《はる》かな北の果て、世界を背負って最終決戦に臨んでいるであろう黒髪の勇者に想いを馳《は》せる。

「あの人のことだ、これくらいの奇跡は起こすでしょう。これは、世界を救う物語なんですから」

槍の穂先で空を斬り、吼え猛《たけ》る魔物たちを低く見据える。

「さあ、こっちも負けていられませんよ。オレたちの意地を見せてやりましょう。まだ頑張れそうですか、パルフィー？」

パルフィーが頷《うなず》き、杖を構えた。その横顔に、微《かす》かな笑みと強い覚悟がたゆたう。

「あの人と、胸を張って再会したいから」

奏は笑うと、槍を携え、まっすぐに地を駆けた。

君は間違いなく勇者だと、いつか背中を押してくれた優しい声を胸に。

◆　◆　◆

怯《おび》え、逃げ惑う人々の元に、可憐な少女たちが舞い降りる。

傷付いた人々を護り、励まし、凛《りん》と首を擡《もた》げて強大な魔物に立ち向かう。

「皆さまの声は、勇者さまに届いています！　だからどうか膝を折らないで！　前を向いて！　共に、私たちの世界を取り戻しましょう！」

大陸各地で黒いうねりと白銀の光がぶつかり合い、拮抗《きっこう》し、魔物の侵攻が止まる。

やがて魔の軍勢が、徐々に押され始めた。

天鏡に映る光景に、魔王が信じられないものでも見るかのように目を瞠《みは》る。

『我が軍勢を食い止めているのか……!?　それに、あの娘どもが纏《まと》う魔力……貴様、まさか……！』

俺は答える代わりに大きく踏み込むと、その首目がけて祝福の剣《アンベルジュ》を一閃《いっせん》させた。

魔王が低く唸りながら、速度の乗った一撃をかろうじて弾《はじ》き返す。

「っ、は……！」

他者と五感を共有する人魚の秘宝『水天の輝石』が輝く、胸の奥。

繋《つな》がった回路《パス》を通して神姫たちへ魔力を送るごとに、心臓《炉心》が熱く熱を帯びる。

左眼《ひだりめ》に幾重にも重なった映像がなだれ込んで、視神経が焼き切れそうな痛みを訴えた。

血の色をした双眸《そうぼう》を歪めて、魔王が吼える。

『それはもはや人の領域ではない！　貴様、神にでもなるつもりか！』

力任せに振り下ろされた爪を真っ向から受け止め、剣閃《けんせん》を翻《ひるがえ》す。

「俺はただの人間だよ」

全能の神、万能の力。

ただ一人で、何もかもを為《な》し得る力。

そんなものがあれば、どんなに良かったか。

『ならばなぜ抗《あらが》う！　苦しみ、傷付け合い、避けられぬ滅びが待っていると知って尚《なお》、なぜ生を選ぶのだ！』

逆巻く炎から跳び退《しさ》り、剣を振り抜く。

放たれた光刃が、魔王の角を斬り飛ばした。

「俺が俺であるために。胸を張って、彼女たちの傍《そば》にいられるように。大切な人たちの笑顔を——未来を護るために」

この世界に喚《よ》ばれる前から。

俺は弱く、何も持たず、一人では何ひとつ為し得なかった。

そんな俺を、みんなが支えてくれた。力を貸してくれた。俺は一人でここに立っているわけではない。みんなで強くなってきたから、ここまで来ることができた。

血の色に燃える灼眼《しゃくがん》が、俺の右手の甲に刻まれた転送陣を捉える。

『ならばその命綱《希望》、断ち切ってくれる！』

太い脚が地を蹴った。

甲高い音を散らして、爪と剣とが交わり——魔王の手から燃え盛る業火《ごうか》が放たれた。

「ロクさま！」

黒炎の刃が右腕を駆け上がる。

切り刻まれた転送陣から血が飛沫《しぶ》いた。

『ははは！　これで希望は絶たれた！　貴様の生きる意味とやらが無惨《むざん》に食い散らかされる様を、指を咥《くわ》えて見るがいい……！』

灼熱《しゃくねつ》の痛みに歯を食い縛りながら、笑う。
「そうだよな、俺がお前ならそうするよ」
魔王がはっと目を見開く。
その目に映るのは、焼け焦げた胸元――心臓の上に刻み込まれた転送陣。
「残念、こっちが本命だ」
『貴、様……！』
魔王の相貌が引き攣る。
太い腕に、漆黒の魔力が膨れあがった。
『ならば、その忌々《いまいま》しい心臓ごと抉《えぐ》るのみ！』
俺は二刀流スキルを発動、右手から零《こぼ》れ落《お》ちた祝福の剣《アンベルジュ》を左手に摑《つか》み取った。
彼女たちの決意を、覚悟を、命を。この胸に預かった。
この絆《パス》は、絶対に断ち切らせたりしない……！
「やれるものならやってみろ！」
黒炎が唸《うな》りを上げ、魔力と魔力がぶつかり合った。
剣戟《けんげき》の余波が、雷嵐となって荒れ狂う。
肩を掠《かす》めた一撃が大地を割き、深い爪痕を刻んだ。

一瞬体勢を崩した俺を狙って、衝撃波が走り――

「『花天虹《フラッド・プリズム》』！」

リゼの盾から眩い光が迸《ほとばし》り、衝撃波を相殺《そうさい》した。

憎しみと殺気の籠もった赤い視線が、リゼを貫く。

『この、混沌《こんとん》の土台となるためだけに生まれた、不完全な道具如《ごと》き人形がァ……！　なぜ、なぜ我が崇高なる救いを理解しない！　なぜ永久の安寧を拒み、抗うのだ！』

触れれば切れるような質量さえ伴った視線を、リゼは真っ向から受け止めた。

「怒りや恐れ、哀《かな》しみや絶望を乗り越えて、人は前へ進むのです。恐れず踏み出す一歩が、輝かしい未来へ続くと信じて」

遠い地で、神姫《じんき》たちが戦っている。

人々の祈りが、声が、俺たちの背中を押す。

立ち塞がる傀儡《かいらい》を前に、フェリスが剣を突き立てて立ち上がる。

「もう一度！　何度でも！」

強く煌《きら》めく瞳で弓を構えながら、ティティが吼《ほ》える。

「絶対に諦めない！」

顎に滴《したた》る血を拭って、サーニャが顔を上げる。

「わたしたちは、一歩を紡《つむ》ぎつづける！」

いつか終わる生。尽きる命。

人間は脆《もろ》く、弱く。それでも前に進み続ける。不完全だからこそ前を向き、願う未来へ手を伸ばす。

眩く輝く魔導剣を携えて、フェリスが地を蹴った。

「みんなが悩みながら積み上げてきた奇跡を、苦しみながら繋いできた想《おも》いを、無かったことになんてさせないわ！」

『こ、の……虫ケラどもがあああああああああっ！』

魔王の全身に黒い魔力が迸った。衝撃波が来る。

「疾《シ》ッ！」

俺は地を蹴って加速、衝撃波が放たれるよりも早く斬撃を叩《たた》き込んだ。

『ぐうう……！』

唸りを上げて迫った刀身を、魔王は右腕で受け止め、身を捩《よじ》る。

心臓を狙って突き出された黒爪が、脇腹を抉った。

噴き出る血に構わず追撃しながら吼える。

「プリシラ、右翼に魔術障壁を展開！　ナターシャ、限界まで魔物を引きつけろ！　包囲の穴を突いて一気に突破する――今！　一斉掃射！」

幾重にも重なった視野を切り替えながら、遠く離れた地の戦況を読み、采配を振るう。

遠い空の下、ベルが受けた傷が、コーデリアが負った痛みが、全身に走る。

視神経から脳髄が焼け付くような悲鳴を上げた。

眼窩《がんか》の肉が灼《や》け、左眼から魔力の炎が迸る。

切り刻まれた右腕は赤く爛《ただ》れ、既に使い物にならない。

それでも骨を軋《きし》ませながら、地を砕く力さえ秘めた必殺の爪を躱《かわ》し、防ぎ、斬り返す。

『くっ……滅びるがいい！』

至近距離から放たれた衝撃波を、リゼの盾が防ぎ――諸共《もろとも》大きく弾き飛ばされた。

「っ、は……！」

顎に伝う血を拭い、折れそうになる膝を叱咤して、まっすぐに魔王を睨《にら》み付ける。

『なぜだ、なぜ諦めない！　その脆弱《ぜいじゃく》な魂を削り、脆い身体《からだ》を引きずってまで、なぜ！』

逆巻く瘴気《しょうき》に肺が軋んだ。

深く刻まれた傷口から血《生命》が流れ出していく。

挫《くじ》け、諦め、全てを投げ出す。それが出来れば簡単だろう。楽になるだろう。分かっている。それでも――

声が届く。

急峻《きゅうしゅん》な岩山の連なる鉱山で、老練の鍛冶師が娘や弟子を励ましながら叫ぶ。

「誇れ、あの勇者と共に戦えることを！　諦めるな！　俺たちの力が、必ず届く！」

遠く離れた辺境の城で、一人の兵士が雄叫《おたけ》びを振り絞る。

「第三班、一斉射撃！　全弾撃ち込め！　我らはまだ倒れるわけにはいかない！　フェリスさまが、ロクさまが戻られるまで、ここをお護《まも》りするんだ！」

揺れる船の上で、白髪の商人や船乗りたちが果敢に吼える。

「ティティ嬢ちゃんが戦ってる！　勇者さまが、俺たちの世界を必ず取り戻す！　俯《うつむ》くな、信じて前を向け！」

人々が暮らし旅人が憩《いこ》う街の郊外で、武器を手にした冒険者たちが不敵に笑う。

「足を止めるな、英雄《あいつ》に続け！　反撃の狼煙《のろし》を上げろ！　あのお人好《ひとよ》しの優男に、俺たちの底力、見せてやれ！」

深い森でドラゴンが吼え、エルフの魔術が炸裂《さくれつ》する。海の底で人魚が謳《うた》い、水龍が巨大な海獣を喰《く》い千切る。

戦う人々を鼓舞しながら、白銀の魔力を纏った神姫たちが叫ぶ。

「たとえ遠く離れていても、私たちは繋がっています！　手を取り、戦いましょう！　勝利を手にするまで！　勇者さまと共に！」

各地で、人々が闇の軍勢を押し返し、戦況を塗り替えていく。

「ッ、は……」

脈打つ心臓に熱が灯《とも》る。

多くの道を往《ゆ》き、多くの人と握手を交わした。鍛冶師の硬く肉刺《まめ》に覆われた手。先代勇者の細く傷だらけの手。恋多き貴婦人の柔らかい手。商人のがっしりとした温かい手。

旅先で出会った人々が。木々が、大地が、海が、精霊が。生きとし生けるもの全てが。

今にも頽《くずお》れてしまいそうな身体を支えてくれる。

ゆっくりと。

焼け爛れた右手を掲げる。

諦め、手放し続けた人生だった。

もう二度と、手放したくない。大切な誰かが傷付かないように。哀しみを背負わなくていいように。一人ぼっちで泣くことがないように。

最後まで戦い抜く。大切な人の笑顔を、未来を、共に歩んだ道を、想い出《いで》を、護るために。

俺を信じてくれる人がいる限り――

「何ひとつ、諦めはしない」

心臓《魂》が灼熱に燃え上がる。

胸の奥に息づく呪文を詠唱する。

人には不可能だとされる、神代よりもなお遠い、遥《はる》か古の魔術。その呪文を。

「──《汝《なんじ》、久遠《くおん》を統《す》べる混沌。天地なく光もなき、遥か古に在りし生命の源流よ》──」

『貴様、その呪文は……！』

魔王が灼眼《しゃくがん》を見開く。

『馬鹿な！　それは、その魔術は、貴様らのような不完全な生き物に──人の身に扱えるものではない！』

そうだ。完璧な人間なんていない。

あの日俺は、何も持たずにこの世界に召喚されて、真っ白な地図に、彼女たちと共に、一歩一歩足跡を刻んできた。

どうしようもなく不完全な、何も持たない俺だったからこそ、多くの人の力を借りて、ここまで来ることができた。

「──《混沌より生まれ落ち、あまねく元素を司《つかさど》る原初の輝きよ。万物の礎《いしずえ》よ》──」

──人の手には届かないとされた、全ての魔術の原点。全属性を以《もっ》て完成する、古代魔術。

今なら分かる。

《人間には不可能》なのではない。《人間だからこそ可能》なのだ。

「――《我が無辺の器を依代に、刻を超え顕現せよ》――」

俺が唯一持つ力、『魔力錬成』――無《ゼロ》にして原点《オリジン》。

生命の礎を成す力を通して。少しずつ。

俺を信じて戦う人たちの魔力《想い》が、絆《パス》を通して流れ込んでくる。

共に歩んでくれた神姫や、神器たち。旅先で出会ったたくさんの人々。

温かく、優しい魔力が――みんなと歩んできた旅路が、俺を支えてくれる。

「――《我は持たざる者、力なき者、授からざる者にして、唯《ただ》全てを迎え入れる器――混沌をも湛《たた》える、悠久の杯なり》――」

受け取った魔力を束ね、錬成し、紡ぎ合わせる。

火、水、風、土、雷、光、毒、氷雪――自然を司り、万物の根幹を構成する元素。

多くの人の想い、祈り。

全ての色彩が融《と》け合って、心臓《魂》が白銀に燃え上がる。

「――《根源、原初、故に無限。混沌より生まれし開闢《かいびゃく》の光よ、その大いなる輝きを以て、我が器を満たせ》──……！」

抜け落ちていた最後の欠片《ピース》──魔の力が、リゼとの絆《パス》を通して流れ込む。

魔の属性を以て、遥か古代の魔術が完成する。

俺は焼け爛れた右手を天《そら》へかざした。

「無窮より来たれ──『創世彩刃《ケイオス・アルコ・イリス》』」

大輪の光彩が天を彩《いろど》る。

鮮やかに大地を照らすそれは眩《まばゆ》く、美しく。

あの日みんなで打ち上げた花火のように。

「あまねく生命を祝福する原初《はじまり》の光よ。闇を打ち砕き、今その輝きを世界に示せ！」

そして。

眩い光が地平線を染め上げ、天から降り注いだ極彩色の閃光《せんこう》が、光の槍《やり》となって魔王の身体を貫いた。

『が、ぁっ……！』

無数の光に貫かれて、恐怖の頂点に君臨しつづけた王が、濁った呻《うめ》きを漏らす。

その全身に罅《ひび》が走り、炎を纏《まと》う脚がよろめいた。

血に濡《ぬ》れた双眼が、底知れない光を放つ。

『まだ、だ……まだ……！　貴様ら弱く、脆く、哀れな人間《生き物》をッ……今度こそ、一人として、取り零《こぼ》すこと、なく……救済《愛》、する、まで……！』

掠《かす》れた怨嗟《えんさ》と共に、その身に纏う瘴気が膨れあがる。

『『紅天球《ローズ・スフィア》』！」

リゼが叫び、魔術の花が咲くと同時、黒い嵐が吹き付けた。

「ッ、く……！」

障壁を隔ててなお、凄《すさ》まじい瘴気が吼《ほ》え猛《たけ》る。

逆巻く雷撃の向こうで、魔王が手をかざした。

ひび割れた手に、黒い光芒《こうぼう》が集束する。

「させるか……！」

俺は地を蹴って疾走《はし》った。

魔力回路《パス》を通して、リゼの魔力が流れ込む。

白銀の刀身が、魔の力を纏って燃え上がった。

灼熱《しゃくねつ》の炎が肺を焼き、瘴気の刃が肉を削る。

それでも膝を折るわけにはいかない。

荒れ狂う嵐を斬り裂き、前へ進む。

俺たちは知っている。もしも奇跡が起こるとしたら、諦めることなく紡《つむ》いだ一歩、その先にあることを。

魔王の顔が引き歪《ゆが》む。

その心臓に、白銀に煌《きら》めく切っ先が、届く。

——人々の声が、祈りが、想《おも》いが。

全てを賭《と》した一撃が、魔王を貫いていた。

『……——』

全ての音が凪《な》いだ、その中心。

そうか、と、北の果てに千年眠り続けた王は呟《つぶや》いた。

『我は、貴様らの弱さに、負けたのか』

絶望の形が揺らぎ、ほどけ、崩れ落ちる。

その影が溶け去る間際《まぎわ》。赤い瞳が嗤《わら》った。

『共に墜《お》ちろ、道連れだ』

足が、どぷりと暗い泥に沈んだ。

黒い無数の腕に絡《から》め取られ、深い深淵《しんえん》の底へと堕《お》ちていく。

「ロクさま！」

リゼが手を伸ばす。

その手を掴《つか》もうとして、気付く。

指先ひとつ動かない。

それでも、まだ、斃《たお》れるわけには……──

地の底から、福音にも似た声が誘う。

『貴様の役目は終わった。もはや愛する者の手を掴む力さえ残ってはいまい。哀れな男よ、我が赦《ゆる》そう。貴様はもう、斃れてもいいのだ』

ああ、とため息のように想う。

最初から分かっていた。

俺は、魔王を斃すために。ただその為《ため》だけに、この世界に喚《よ》ばれた。

『終わりにしよう。共に還《かえ》ろう。永久に続く、安寧の地へ』

彼女たちと過ごす時間は、俺にはもったいないくらい、幸せで。

夢のような日々を過ごしながら、心のどこかで、ずっと考えていた。

願わくば、俺がいなくなった後も、この世界に笑顔が咲き乱れるようにと。この身を使い果たして、彼女たちの笑顔を護れるなら──彼女たちの大切な居場所を護れるなら、それでいいと。

けれど。

頬に、ぽつ、と温かい雫《しずく》が落ちた。

「いやです」

暁の乙女が、真紅の瞳に涙を溢《あふ》れさせながら、手を差し伸べる。

「私たちの幸せの真ん中では、ロクさまが笑っていてくださらなくては、いやです」

闇に差し込む優しい光が、俺を包み込む。

そうだ。

一緒に幸せになろうと約束した。

――俺には、帰る場所がある。

俺は絡みつく影を振りほどき、眩い光へと手を伸ばした。


「は、ッ……はぁ……ッ」

焼け爛《ただ》れた胸を喘《あえ》がせながら、しがみつくリゼの身体《からだ》を抱く。

既に魔王も闇の傀儡《かいらい》も消え去り、乾いた大地に、ただ風だけが鳴いていた。

フェリスが天鏡を仰ぎ――呆然《ぼうぜん》と呟く。

「そんな……魔物の暴走が……」

魔物たちの歩みは止まらない。

クレーターの底。王を失った玉座が大地へと溶け、脈を伝って広がっていく。

その瘴気《しようき》を吸い上げて、群れは一層荒れ狂い、生き物を踏みしだき、あらゆる文明を破壊しようと牙を剝《む》く。

死してなお機能する呪い。命を殺戮《さつりく》するためだけに残された、終末装置。

俺は剣を突き立て、嗄れた喉から声を押し出した。

「俺を、玉座に、連れて行ってくれ」

「でも、ロクちゃん、目が」

震えるティティの声に笑う。

「大丈夫。ちゃんと視《み》えてる」

リゼたちの泣き顔も、みんながまだ、俺を信じて戦っているのも。

だからこそ、まだ斃れるわけにはいかない。

リゼたちの手を借り、崩れそうな身体を引きずって歩く。

玉座があった場所。

クレーターの中心に、重たい瘴気が蟠《わだかま》っていた。

澱《おり》のような黒い呪いが、大地を侵食していく。

俺はその中心に、手のひらを当てた。
「全部還すよ。これは、君たちの力だ」
焼け爛れた手を通して、魔力が大地に流れ込む。
ふ、と風が凪ぎ、淡い光が舞い上がった。
みんなから預かった魔力が、黄金の生命の川となって、地脈へと還っていく。
感覚さえ朧《おぼろ》な俺の右手に、リゼの柔らかな手が重なった。
ティティが、サーニャが、フェリスが。
俺を支え続けてくれた手を、重ねてくれる。
心臓から、温かい魔力が溢れ出す。
海へ、大地へ、この世界へ。
目を閉じて、小さく笑う。
「力を貸してくれてありがとう。俺を受け入れてくれて、ありがとう」

◆　◆　◆

遥《はる》か遠い大地。

一人の神姫《じんき》が、泥に汚れた顔を上げる。
雲が晴れ、大地が眩く輝いていた。
魔物の群れが断末魔を上げながら消失し、傷が癒えていく。
瘴気に覆われていた地面に光が溢れ、金色の粒子が舞い上がる。
大陸中の人々が空を仰いだ。
「これ、は……」
遠く離れた故郷でシャロットが目を見開き、辺境の地でマノンが小さく呟く。
「ロクさまの、魔力……？」
指先まで巡る、温かい魔力。優しい力。
このぬくもりを知っている。
ずっと側に居てくれた光。どこまでも優しく、胸の底を温かく照らす光。
戦い抜き、疲れ果てた身体を深く満たす柔らかな清福に、なぜか涙が溢れた。

◆　◆　◆

雲の切れ間から光が差し、霞《かす》む視界に、精霊たちが楽しげに憩《いこ》う。

俺は潰れた肺から微《かす》かな息を押し出て、笑った。

「ごめん。もう、一歩も、動けそうにない」

フェリスが声を詰まらせ、ティティが胸に縋《すが》り付く。

サーニャが優しく髪を撫《な》でてくれた。

俺が初めて零した弱音を掬《すく》い上げるようにして、リゼが俺の頰をそっと包んだ。

「ここにお花を植えましょう。みんなでおうちを建てましょう。ロクさまの居る所が、私たちの帰る場所です」

出会った時と同じ、綺麗な暁色の双眸《そうぼう》を柔らかく細めて、少女は泣きながら笑う。

「ありがとうございます、私たちの、ただ一人の勇者さま」

長い、長い旅路の果て。

みんなで辿《たど》り着いた、北の大地。

「愛しています。私の全てを懸けて」

優しい微笑《ほほえ》みと共に、柔らかな唇が重なる。

空っぽになった身体に、温かな愛《魔力》が流れ込んだ。

エピローグ

ちゅっと。

額に柔らかな感触が触れた。

流れ込む優しい魔力に、まぶたを開く。

「おはようございます、ロクさま」

レース越しに降り注ぐ朝陽《あさひ》の中で、暁色の瞳の少女が笑った。

「おはよう、リゼ」

ゆっくりと身を起こすと、リゼは「お食事をお持ちしました」と微笑んだ。

野菜と穀物のスープを、一口ずつ運んでくれる。

「ありがとう、おいしかったよ」

リゼは嬉《うれ》しそうに目を細めると、俺の頬にそっと口付けた。

穏やかなまなざしを交わして、笑い合う。

少し頬が熱い。まだ慣れないというか、照れるというか……

リゼは頰を掻《か》く俺を見て愛おしげに喉を鳴らすと、ドレスを翻《ひるがえ》して立ち上がった。

可憐《かれん》な笑顔が眩《まばゆ》く輝く。

「準備ができたら、中庭にお越しください。今日は待ちに待ったお祝いの宴《うたげ》ですから！」

「ロクさま、おはようございます！　体調はいかがですか？」

「魔力の補給は十分ですか？　足りなくなったらいつでもおっしゃってくださいねっ！」

廊下を歩く俺に、通りかかった姫たちが挨拶がてら首を抱き寄せては、頰に、額に、首筋に、口付けてくれる。

魔王を倒してから半月。

全てを賭《と》した死闘で、俺は利《き》き手《て》と左眼《ひだりめ》の機能を失い、魔力の大半を喪失していた。

ビビ曰《いわ》く、魔力の枯渇《こかつ》は一時的なものだという。

「とはいえ、いつ回復するかは分からん。三日後かもしれんし、一年後かもしれん。それまでゆっくり養生することじゃな。その傷も、魔力《生命力》が戻ればじきに治るじゃろう」

終局戦を経てパスが深く繋《つな》がった俺と姫たちは、魔力錬成がなくとも、接触を通して魔力を交わせるようになっていた。魔力が底を突きかけている俺を気遣って、リゼをはじめ後宮の少女たちは、こうしてことあるごとに俺に魔力を注いでくれる。

おかげで千切れかけた右腕も、焼け焦げた左眼も、少しずつ良くなっている。

——一応、手で触れるだけでも大丈夫だと伝えたのだが、誰もが「キスのほうが効率がいいと聞いたので！」と譲らなかった。

「ロクさまの魔力、温かくて優しくて、心から安心しました。今度は私たちの番です」

「ロクさまは、私たちだけではなく、私たちの大切な人やこの世界を、命を賭して護《まも》ってくださいました。少しでもお礼がしたいのです」

明るい笑顔に、胸が温かくなる。

とはいえ、ちょっと甘やかされ過ぎている気もする。

以前そう零《こぼ》すと、リゼは幸せそうに笑った。

「これでも足りないくらいです。ロクさまは、世界を救った勇者さまなのですから」

これが世界を救ったご褒美《ほうび》だとしたら、もう十分すぎるくらいもらっている。

少女たちの優しさに目を細めながら回廊を歩いていると、元気な声が上がった。

「ロクちゃん、おはよー！」

ティティとフェリス、サーニャが駆け寄ってくる。

「会場までご一緒するわ」

視界が閉ざされた左側にフェリスが寄り添い、ティティとサーニャが自由の利《き》かない右腕を支えてくれた。

触れる手から、温かな魔力が流れ込む。

「俺なら大丈夫だよ、無理しないでくれ」

「無理なんかしてないわ。これまでロクさまがくださった幸せを、少しでもお返ししていきたいの」

「みんな、ロクちゃんにお返しできるのが嬉しいんだよ」

「家族は支えあうもの。今はわたしたちに甘えればいい」

そう微笑むフェリスたちの身体《からだ》には、きらきらと眩い魔力が巡っている。

ありがとう、と噛《か》みしめるように言葉を紡《つむ》ぐと、三人は嬉しそうに笑った。

中庭には、既にたくさんの人がいた。

澄んだ青空の下、マノンがてきぱきと指示を出し、宮女たちが楽しそうに働いている。

花を付け始めた垣根は綺麗《きれい》に飾り付けられて、華やかなテーブルクロスの上には豪華な料理やシャンパングラスが並んでいる。

後宮の姫たちに混じって、祝福の剣《アンベルジュ》や暁の盾《アマンセル》——神器《初代神姫》たちや、ビビの姿もあった。

アンベルジュが「あら、主役の登場よ」と笑い、姫たちがぱっと振り返った。

「あっ、ロクさまー！」

「お待ちしておりました、こちらへどうぞ！」

少女たちが歓声を上げて、俺を囲む。

「今日の調子はいかがですか？　お身体は辛《つら》くないですか？」

「ああ。だいぶ回復したよ、ありがとう」

喜びと気遣いを浮かべる少女たちに笑いかけていると、シャロットが駆け寄ってきた。

「ロクにいさま！　助けてください、リゼねえさまが！」

シャロットの指の先を視線で追う。

大きな木の上、リボンを手にしたリゼが、恥ずかしそうに縮こまっていた。

「あの、シャロットのリボンが、風で飛ばされてしまって……」

どこかで見た光景だ。

出会った時から変わらないな、と目を細める。困っている人を見ると、後先考えずに動いてしまう、愛情深く優しい少女。

「今行くから、動かないで」

「あっ、だ、大丈夫です！　いまはしごを持ってきてもらっていますので――」

言葉半ばに、風が強く吹いた。

「きゃ……！」

リゼの身体がぐらりと傾《かし》ぎ、姫たちが悲鳴を上げる。

考えるよりも早く、身体が動いた。

グラスの並ぶテーブルの間を駆け抜け、垣根をふわりと跳び越える。地を蹴る脚に力が溢《あふ》れ——間一髪、落ちてきたリゼを両手で受け止めた。

「っと……怪我《けが》はないか？」

覗《のぞ》き込むと、リゼはぽーっと俺を見上げながら、「は、はい」と頷《うなず》いた。

まるで出会った時と同じシチュエーションだなと思い出す。

リゼも同時に気付いたのか、顔を見合わせて笑った。

地面に降りたリゼに、シャロットが「ねえさま、ご無事でよかった！」と抱き付く。

「ロクさま、今のは——」

マノンが慌てて駆けつけた。

他の姫たちも目を丸くしている。

俺は両手を見下ろした。

霞んでいた視界は晴れ渡り、動きづらかった右腕にさえ力が漲《みなぎ》っている。

心臓が脈打つ毎《ごと》に、懐《なつ》かしい白銀の魔力が指先まで巡った。

「……今ので、魔力が戻ったみたいだ」

顔を上げて笑うと、少女たちが天に届くような歓声を上げて俺に抱き付いた。

愛くるしい顔は弾《はじ》けるような喜びに輝き、安堵《あんど》のあまり泣きじゃくっている子もいる。

「ごめん、不安にさせたな。みんなのおかげだよ、ありがとう」

縋り付く姫たちの頭を撫でる。

「ロクさま」

振り向くと、リゼが俺を見上げていた。

暁色の双眸は、いっぱいに涙を湛《たた》えながら、どんな宝石よりも眩く輝いていて。

感覚の戻った腕で、その柔らかな身体をしっかりと抱き締める。

リゼが泣きながら、笑いながら、包み込むような抱擁で俺に応えた。

おかえりなさいと、喜びにわななく声が囁《ささや》く。

「ただいま」

世界を賭けた決戦から半月。

ようやく、後宮《ここ》に帰ってきた気がした。

姫たちが涙を拭いながら、花のように笑う。

「ロクさまと共に戦えたこと、私の誇りですっ」

「世界を、私たちの大切な人たちを護ってくださって、ありがとうございました」

「お仕えできて幸せです。私たちの大好きな、強く、優しい勇者さま」

「お礼を言うのは俺の方だ。本当にありがとう」

両手に宿る白銀の魔力に目を落とす。

「みんなにも、お礼を言いに行かなきゃな」

たくさんの人が、俺に力を貸してくれた。

俺一人じゃない、あれは、この世界に生きる全ての命で摑《つか》んだ勝利だった。

「また、旅に出られるのですね」

目を細めるマノンに続いて、フェリスたちが微笑《ほほえ》む。

「我ら神姫《じんき》、ロクさまの行くところ、どこまでもお供いたします」

蒼穹《そうきゅう》に、白い鳥が舞う。

愛と優しさに包まれた住処《すみか》で羽根を休めて、また新たな旅へ。

「さあ、私たちの主さまのご回復と、世界の平和を——そして、新たな旅路《物語》の始まりを祝いましょう！」

紙吹雪が舞い、陽気な音楽が流れる。色とりどりのドレスを纏《まと》った少女たちが踊り、はしゃぎ、楽しげな笑い声を上げる。

「ロクさま、こちらへ！　一緒に踊りましょう！」

姫たちが、可憐な顔に信頼と親愛をいっぱいに湛えて手を差し伸べた。
サーニャとシャロットが、嬉《うれ》しそうに俺の手を引く。
不意に、泣きたくなるような愛おしさが溢れた。
温かく迎えてくれる場所があること。
護りたい、大切な人たちがいること。
その幸せを、熱く熱を帯びる胸に深く刻み込む。
「みんな、いっくよー！　撃《て》ーっ！」
ティティの、喜びに弾けるような号令に合わせて。
高く澄んだ空に、魔術の花火が上がる。
眩い光の欠片《かけら》を宿して、リゼの双眸《そうぼう》がきらきらと輝いた。
「これからも愛しています！　私たちの勇者《ロク》さま！」
空を虹色に染める光の下。
後宮に、花のような笑顔が咲く。
俺は笑って、俺を待つ少女たちの元へと、大きく踏み出した。

あとがき

お久しぶりです、琴平稜《ことひらりょう》です。

この度は『追放魔術教官の後宮ハーレム生活』三巻をお手に取っていただきまして、誠にありがとうございます。

世界から弾《はじ》かれ続けた勇者が、深い愛情と信頼を以《もっ》て少女たちに迎えられ、彼女たちの居場所となる、愛と救済の物語。すべての絆《きずな》を結集して決戦に挑む今巻、楽しんでいただけたでしょうか？

さて、多くの方に支えられて続いてきた勇者と神姫《じんき》たちの物語ですが、これにて一区切りとなります。

拙筆ではございますが、今の自分の持てる限りの力すべてを詰め込んだ、大変思い入れの深い作品となりました。

このように最後まで書き切ることが出来たのは、ひとえに応援してくださった皆さまのおかげです。本当にありがとうございます。

また、今年の4月より『ドラドラふらっと』さまほかにて、サキコさまによるコミカライズが開始いたします。このあとがきに取りかかる直前に第一話のネームを拝見したのですが、漫画ならではのドラマチックでエモーショナルな展開になっており、大変興奮いたしました。私自身、サキコさまの繊細かつ美しい絵でロクやリゼたちの活躍を見られるのがとても楽しみです。ぜひご覧ください。


それでは謝辞に移らせていただきます。

美麗なイラストでキャラクターと世界に命を吹き込んでくださったさとうぽてさま。素晴らしいキャラデザやラフ、イラストの数々が送られてくる度に、作家になって良かったと心から幸福を噛《か》みしめておりました。後宮という舞台をこれ以上無く華やかで煌《きら》びやかに、そしてそこに生きるキャラクターたちを可愛《かわい》らしく、強く優しく、いきいきと表情豊かに描いてくださって、本当にありがとうございました。

いつも灯台のごとく的確かつ細やかかつ力強く私を導いてくださる担当編集さま。私だけでは、最後まで辿《たど》り着《つ》くことはできませんでした。この作品を世に送り出す機会をくださってありがとうございます。

いつも私を支え励ましてくれる友人、先輩、後輩、恩師、家族、親戚、同業の先生方。デザイナーさん、校正さん、印刷所さん、書店さんをはじめ、この本に携わってくださった全ての方。

そして何よりも、この物語を見届けてくださったあなたへ。

彼らの旅路を最後まで見守ってくださいまして、本当にありがとうございました。

この作品が、皆さまの居場所のひとつになれたのなら幸いです。

またどこかでお会いできれば、それに勝る喜びはございません。

琴平稜

お便りはこちらまで

〒一〇二-八一七七
ファンタジア文庫編集部気付
琴平稜（様）宛
さとうぽて（様）宛

富士見ファンタジア文庫

追放《ついほう》魔《ま》術《じゅつ》教官《きょうかん》の後宮《こうきゅう》ハーレム生活《せいかつ》3

令和4年2月20日　初版発行

著者——琴平《ことひら》　稜《りょう》

発行者——青柳昌行

発　行——株式会社KADOKAWA

〒102-8177

東京都千代田区富士見2-13-3

0570-002-301（ナビダイヤル）

印刷所——株式会社暁印刷

製本所——本間製本株式会社

※定価はカバーに表示してあります。

●お問い合わせ

https://www.kadokawa.co.jp/（「お問い合わせ」へお進みください）

※内容によっては、お答えできない場合があります。

※サポートは日本国内のみとさせていただきます。

※Japanese text only

ISBN978-4-04-074441-4 C0193　◇◇◇

切り拓け！キミだけの王道
ファンタジア大賞
原稿募集中！
賞金
《大賞》300万円
《金賞》50万円
《銀賞》30万円
選考委員
細音啓「キミと僕の最後の戦場、あるいは世界が始まる聖戦」
橘公司「デート・ア・ライブ」
羊太郎「ロクでなし魔術講師と禁忌教典《アカシックレコード》」
ファンタジア文庫編集長
前期締切 8月末日
後期締切 2月末日
公式サイトはこちら！ https://www.fantasiataisho.com/
イラスト／つなこ、猫鍋蒼、三嶋くろね